Die Jugend schwindet,

ach so bald, dahin.

Die Jahre eilen

Allzu schnell von dannen.

Was bleibt,

ist nur die Süße der Erinnerung

Und glücklich der,

der sie zu leben weiß.

Micheline R.

Und zum Nachtisch viel Gefühl

Oder

Der Ruf des Büffels

©*Micheline R.*

Umschlaggestaltung, Illustration: Micheline R.

Lektorat: Astrid Pfister

ISBN: 978-3-7323-1152-1   Paperback

Verlag: **Buchtalent** – eine Verlagsmarke der tradition GmbH. Hamburg

www.buchtalent.de   www.tredition.de

Printed in Germany

Ist lang, lang her - so lang, lang...

Dies ist die Geschichte einer ganz großen Liebe. Einer Liebe, wie sie einem nur einmal im Leben begegnet, sofern die Götter einem gut gesonnen sind. Ich widme sie *ihm*, dem Mann meiner Träume, meinem geliebten Büffel!

Im Laufe eines langen Lebens sind einem schon die verschiedensten Variationen von Liebe begegnet: angefangen von der Allerersten, mit Herz-Schmerz, Prickeln im Bauch, sehr oft nur einseitig, weiß man doch nicht, mit diesem neuen Gefühl umzugehen, über Liebeleien, die kommen und genauso schnell wieder dahinschwinden, bis zu der Liebe, bei der man glaubt, den richtigen Menschen für ein gemeinsames Leben gefunden zu haben.

Und irgendwann, nach vielen Jahren, muss man dann feststellen: Es gibt bestimmt noch etwas anderes, das man voller Sehnsucht sucht. Das alles kann doch nicht der Höhepunkt gewesen sein, den das Leben zu bieten hat.

Vielleicht brauchen manche Menschen ja die Zeit, um genug Erfahrungen zu sammeln und zu reifen. Wenn dann das Schicksal zuschlägt und mit der ganz großen Liebe winkt, weiß man sofort: *Das ist die Verwirklichung all deiner geheimen Träume. Darauf hast du dein ganzes Leben lang gewartet. Du musst jetzt zupacken, denn eine zweite Chance wird es nicht mehr geben!*

Dann zählen kein Tabus, keine Moralvorstellungen, dann zählt nur noch die Stimme im Inneren, der man folgen sollte, sonst wird man den Rest seines Lebens einer verpassten Erfüllung nachtrauern.

Es ist wie ein Treffer im Glücksrad des Lebens, eine Belohnung für die Menschen auf der Sonnenseite des Daseins. Ich versuche noch einmal einen Neustart. Die Regie liegt jedoch nicht mehr in meinen Händen. Das Schicksal hat sie mir entrissen

Kapitel I

er Anfang liegt sehr weit zurück - sechzig Jahre, mehr als ein halbes Jahrhundert.

Ich war ungefähr sechzehn Jahre alt, als Andy zum ersten Mal in mein Leben trat. Ich ging in die letzte Klasse der Mittelstufe und wir sollten um einen neuen Schüler bereichert werden. Viel wussten wir nicht von ihm, nur dass er als einziger Erbe später einmal das Firmenimperium seiner Familie weiter führen sollte. Dies alleine gab ihm in unseren Augen schon den Nimbus eines Paradiesvogels zwischen all dem Landgeflügel: den schnatternden Gänsen, eingebildeten Puten, kämpferischen Hähnen, die eifersüchtig ihr Revier verteidigten und den eitlen Pfauen, die balzend ihr Rad schlugen. Nichts, was der Bewunderung wert gewesen wäre. *Er* versprach hingegen eine Sensation! Vielleicht würde nun endlich einmal ein frischer Wind durch unser muffiges Klassenzimmer wehen.

Die große Pause war fast beendet und ein schriller Klingelton rief uns zur Unterrichtsstunde.

Da! Ein Luxusschlitten hielt vor dem Schuleingang, der Chauffeur stieg würdevoll aus und ließ den hinkenden Helden auf uns los. Was für ein Auftritt!

Wie wir später erfuhren, hatte er sich beim Fußball-Spiel eine Knieverletzung zugezogen, die sich lange hinzog und ihn vor unseren langweiligen Turnstunden bewahrte, was ihn aber nicht daran hinderte, als begeisterter Fußballer in unserer Fußballmannschaft im Tor zu stehen.

Er hatte keinerlei Schwierigkeiten, sich in unsere Gemeinschaft einzufügen. Überall, wo er auftrat, bildete sich gleich ein Kreis von Bewunderern um ihn; meinen Helden.

Von Beginn an trennten uns Welten und gesellschaftliche Schranken. In jener Zeit, kurz nach dem Krieg, waren diese unüberbrückbar. Schon damals spürte ich die starke Anziehungskraft, die er auf mich ausübte. Ich konnte sie mir nicht erklären, sie machte mir

Angst. Soweit es möglich war, ging ich ihm deshalb aus dem Weg, suchte andererseits aber auch immer wieder seine Nähe. Es war keine körperliche Ausstrahlung, ich war nicht in ihn verliebt, nein es war, als suchten sich instinktiv unsere Seelen. Ich konnte dieses Gefühl damals aber nicht einordnen, und so war mir der Weg zu seinem Herzen verwehrt. Es blieb dabei, die Blicke des anderen anzulocken, stets darauf bedacht, dass niemand es bemerkte.

Nach zwei Jahren der gemeinsamen Schulzeit trennten sich unsere Wege Sang- und klanglos. Von einem Tag auf den anderen kam er nicht mehr, schade! Er verschwand aus meinem Leben, nicht jedoch aus meinem Herzen. Es gab immer wieder Gelegenheiten, wo sein Name auftauchte und eine Erinnerung in mir wach rief.

Unsere Pfade liefen in getrennten Bahnen. Waren es zwei Parallelen, die nebeneinander her drifteten und sich selbst in der Unendlichkeit nie berühren würden? Wer ahnt schon, was die Zukunft manchmal für ihn an Überraschungen bereithält?

Jeder ging seiner Wege und richtete sein Dasein ein, auf dem Trip zu Erfolg und persönlichem Glück.

Nach meiner Hochzeit verließ ich mein Nest und hörte nichts mehr von Andy. Die Boulevard Presse war mir ein Gräuel, Frauenzeitschriften nahm ich nicht einmal beim Friseur in die Hand, so zog der Klatsch des gesellschaftlichen Lebens unberührt an mir vorbei.

Nach dem Abitur wollte ich eigentlich Kunst studieren, um so in die Fußstapfen meines Vaters zu treten, doch es kam alles anders. Ich lernte, ausgerechnet auf einer Karnevalsparty, meinen Traummann kennen.

Wie es so ist, mit den Hormonen: Zur richtigen Zeit am richtigen Ort und schon hängt man fest für ein langes gemeinsames Leben.

Ich hatte das Los der Hausfrau und Mutter gezogen, die nur zum Wohle ihrer Familie existierte, manchmal mit leisem Bedauern ihr Inneres hervorkehrt, Kassensturz macht und feststellen muss, dass das Leben an ihr vorbeigerauscht ist.

Was war mit all den unerfüllten Träumen? Nichts ist für die Liebe schädlicher als stetiges Zusammenleben. Das tägliche Einerlei tötet auf die Dauer alle Leidenschaft. Wenn man Glück hat, wandelt sie sich in eine treue Kameradschaft und in Zuverlässigkeit auf allen Ebenen. Damit kann man ganz gut leben, wenn man nicht in seinem Inneren diesen Drang nach Abenteuern verspürt, die dem Leben neue Impulse geben, vergrabene Leidenschaften entrümpeln und entstauben, reaktivieren! Man müsste einfach die Ehe als Institution abschaffen, es gäbe dann viel weniger unglückliche Paare, keine Scheidungen und die Menschen würden wieder um ihr Glück kämpfen und nicht sofort resigniert aufgeben.

Kapitel II

s sollten fast vierzig Jahre vergehen, bis ich Andy wieder begegnete.

Zu irgendeinem Jahrgangs-Jubiläum hatten einige meiner einstigen Schulkameraden zu einem Treffen eingeladen. Das konnte aufregend werden, besonders, da viele kommen wollten, die sich nach der mittleren Reife von der Schule verabschiedet hatten. Also noch die alte, vertraute Garde. Außerdem konnte ich dieses Treffen gleichzeitig mit einem Besuch bei meinen Eltern verbinden und wartete voller Spannung.

Ob mein alter Schwarm auch kommen würde? In ihn war ich in der Volksschule zum ersten Mal verliebt gewesen, mit allem, was dazugehörte: Schmetterlinge im Bauch, die Plätze aufsuchen, von denen ich wusste, dass ich ihm dort begegnen würde. Nachts von ihm träumen und sich vorstellen, zum ersten Mal geküsst zu werden.

Meine Gefühle hatte ich jedoch immer für mich behalten. Mein Schwarm hielt mich für überaus schüchtern, aber das war ich ja auch! Die einzigen Jungen, mit denen ich in meiner Kindheit in Berührung gekommen war, gehörten zur Familie: Bruder, Vettern, das war es auch schon. Ich wuchs ohne Kontakt zum anderen Geschlecht auf. Im Kloster hätte es nicht schlimmer sein können. Immer war da eine gewisse Scheu und Verlegenheit. Sie waren mir fremd, deshalb konnte ich einfach nicht locker mit ihnen umgehen. Wie sehr beneidete ich die anderen Mädchen, die ganz normal mit ihnen herumscherzten, mit ihnen flirten konnten, sich mit ihnen verabredeten. Ganz einfach nur miteinander Spaß haben wollten. Wie oft, wenn ich abseits stand und sie beobachtete, verfluchte ich meine Unbeholfenheit und Schüchternheit und konnte doch nicht aus meiner eigenen Haut herausschlüpfen. Jungen waren für mich wie Wesen von einem anderen Stern, tickten einfach anders als Mädchen und waren doch so verlockend! Unter diesem Zustand habe ich noch sehr viele Jahre gelitten.

Wir trafen uns in einer kleinen Dorfkneipe. Leider war mein Selbstbewusstsein in jener Zeit noch nicht so ausgeprägt, ich hielt mich lieber abwartend im Hintergrund, als selber auf andere zuzugehen. So war ich stets nur ein Beobachter am Rande dieser Gesellschaft.

Sie waren erwachsen geworden, meine ehemaligen Schulkameraden. Aus den schlaksigen Jungen hatten sich bodenständige Karrieretypen und Familienväter entwickelt. Keiner wagte es, sich näher mit mir zu befassen, denn noch immer besaß ich die Gabe, eine unsichtbare Barriere um mich herum aufzurichten. Nur neugierige Blicke streiften mich verhalten. Mein alter Schwarm saß in meiner Sichtweite, ich riskierte einen heimlichen Blick. Er hatte sich total verändert. Ich hätte ihn nie wiedererkannt. Aus dem pausbäckigen Jungen war ein hagerer Mann geworden. Soviel ich erfahren hatte, war er Volksschullehrer mit dem Schwerpunkt Religion geworden! Das war während meiner gesamten Schulzeit bei uns allen das unbeliebteste Fach gewesen. Langweilig und Streitgespräche wurden erst gar nicht geduldet.

Gegen Überzeugungen kann man eben nicht ankämpfen!

Er sprach mich in keiner Weise mehr an, war einfach nicht mehr mein Typ. In diesen Jungen hatte ich mich damals bis über beide Ohren verliebt?

Wir haben dann auch kein Wort miteinander gewechselt. Wahrscheinlich erging es ihm genauso wie mir. Schon etwas enttäuscht wollte ich meinen Entschluss bedauern, hier überhaupt aufgetaucht zu sein.

Und dann erschien Andy.
Die Überraschung war perfekt. Wenn ich das vorher geahnt hätte …

Das war mein Held, wie er in meinem Herzen thronte. Reifer war er geworden, eben erwachsen. So hatte ich ihn mir in meinen Träumen vorgestellt, genau so und nicht anders. Wie es ihm ergangen war, weiß ich nicht, aber ich hatte das Gefühl, als wären die Jahre unbeschadet an uns vorbei gerauscht. Manchmal begegnet man einem

Menschen, sieht ihn nach vielen Jahren zum ersten Mal wieder und hat das Gefühl, als wäre er schon immer da gewesen, als hätte die Zeit still gestanden. War es Schicksal, dass in uns beiden die Erinnerung wach gerufen wurde?

Jetzt keinen Fehler machen, sagte ich zu meinem Herzen, *zeige ihm nur nicht, wie glücklich du bist, ihn wiederzusehen, sonst ergreift er sofort die Flucht.*
Und zu Gott schickte ich ein lautloses Stoßgebet: *Bitte, lenke seine Schritte an meine Seite, wo noch ein freier Stuhl auf ihn wartet.*

Als er sich dann neben mich setzte, war ich selig, mein Herz schlug Purzelbäume. Hätte ich den Mut aufgebracht, mich selber in Erinnerung zu bringen? *Ganz bestimmt nicht!*
Wir redeten und redeten ... zum ersten Mal erkannte ich, wie sehr mich seine Stimme gefangen nahm. Sie war in der Lage, mich vollkommen zu verzaubern. Ich lauschte diesem lockenden Klang, ohne die Worte im Einzelnen wahrzunehmen. Was für eine Meinung musste er wohl von mir

bekommen haben! Leider währte unser Beisammensein nur kurz. Viel zu bald verabschiedete er sich. Sein Chauffeur wartete schon, um ihn noch zu einer geschäftlichen Besprechung zu bringen. Ein Jammer!

„Bist du glücklich? Ist in deinem Leben alles so gelaufen, wie du es dir erwünscht hast?"

Etwas irritiert sah mich mein Paradiesvogel an. Was sollte er nun darauf, vor all den anderen, die natürlich neugierig zu uns herüber lauschten, antworten?

„Natürlich bin ich glücklich, sonst wäre ich ja nicht schon so lange mit meiner zweiten Frau zusammen! Du bist ja auch verheiratet!"

Das saß! Ein kleiner, spitzer Pfeil, der sich tief in mein Herz bohrte.

Wie anders hätte alles kommen können! Wir beide wären zusammen vielleicht sehr glücklich miteinander geworden. Warum waren wir uns nicht schon viele Jahre früher begegnet?
Ich dachte weiter darüber nach: *Verlorene Zeit,*

vom Schicksal nicht gewollte Gelegenheiten verpasst!

Wie schade, dass man die Zeit nicht einfach zurückspulen konnte; das Leben noch einmal von vorne beginnen.

Zum Abschied fragte er noch nach meiner Adresse, um mir zu schreiben. Wollte er mich vielleicht doch nicht so schnell wieder aus seinem Leben streichen?

„Es wäre natürlich schön, wenn wir in Kontakt blieben, aber die Briefe müssen schon sehr neutral gehalten sein, sonst bekomme ich Ärger. Mein Mann hat leider keinerlei Achtung vor Briefgeheimnissen. Er liest sie alle!"

Das entsprach wohl nicht so ganz den Vorstellungen meines Helden. Er nahm, wenn auch mit sichtbarem Bedauern, Abstand davon. Auch er wollte wohl keine Komplikationen in seinem Leben … nur nicht den häuslichen Frieden mit Problemen belasten.

Bevor wir auseinander gingen, gab es noch einmal „Shake Hands". Wie gerne hätte ich ihn in die Arme genommen und ihm zum Abschied einen dicken Kuss gegeben. Ich tat es in Gedanken, doch ich bezweifelte, dass er auch nur das Geringste von der Verwirrung merkte, die er in meinem Herzen angerichtet hatte. Der Kuss wird wohl leider unbemerkt an ihm vorbeigeschwirrt sein.

„Werden wir uns wiedersehen?"

Diese letzte Frage lag schwer auf meiner Seele. Ohne dass ich es wollte, kamen die orakelhaften Worte von meinen Lippen, wie ein vages Gelöbnis:

„Irgendwie - Irgendwo - Irgendwann."
Und es sollten wieder viele Jahre vergehen.

Nachdem er verschwunden war, hielt auch mich nichts mehr. Ich verließ sehr bald die Gesellschaft, die mir nun nichts mehr zu bieten hatte.

Ein paar Tage später war ich wieder zurück in meinem Alltag mit einem Paket ungelöster Fragen. Stoff genug zum Überlegen.

Hatte er bisher nur auf seinem Sockel in meinem Herzen gethront, so machte er sich nun immer mehr in meinem Leben bemerkbar.

Wenn ich traurig war, und manchmal nicht mehr wusste, wie ich schwierige Situationen meistern sollte, suchte ich Rat und Zuflucht bei ihm, meinem Helden. Ich horchte auf seine Stimme in meinem Herzen.

Er verstand es stets, mir Mut zuzusprechen und vollgetankt mit neuer Zuversicht und Energie stellte ich mich wieder den Herausforderungen des Lebens!

Unser erstes Enkelkind kam in die Familie und im Laufe der Jahre folgten noch drei weitere. Mein Mann verließ die Arbeitswelt und ließ sich als Rentner nieder. Welch ein Glück, dass sein Beruf, die Elektronik, auch gleichzeitig sein Hobby war. So reihte er sich nicht in das Heer der Ehemänner ein, die im Ruhestand ihrer Frau auf die Nerven gingen, weil ihnen aus lauter Langeweile nichts anderes einfiel.

Ein Graus die Männer, die kein Hobby haben und

mit der vielen freien Zeit nichts anzufangen wissen.
Mein ganzes Mitleid gehört ihren Ehefrauen!

Meine Gefühle meinem Mann gegenüber wandelten sich im Laufe der Zeit immer mehr von Liebe zu Mitleid. Bei ihm wurde es, hervorgerufen durch eine schwere, unheilbare Krankheit, manchmal schon offener Hass.

Er kam nicht zurecht mit der Tatsache, dass er immer öfter Hilfe in Anspruch nehmen musste, sei es auch nur von seiner eigenen Frau, und ich hatte schon manches Mal zwei linke Hände. Von meiner Hilfe hatte er deshalb nicht besonders viel! Doch niemals hätte ich ihn im Stich gelassen.

Schließlich hatte das Schicksal ein Einsehen und zog einen von uns aus dem Verkehr, sonst hätten wir uns wahrscheinlich seelisch zerfleischt und zugrunde gerichtet.

Ist es schockierend, dass ich nicht weinen konnte? Ich sammelte alle liebevollen und guten Erinnerungen vergangener Zeiten zusammen und verschloss sie tief in meinem Inneren in meine

Kästchen der Kostbarkeiten, hinzu legte ich noch ein Abschiedsgedicht, das ich für ihn verfasst hatte, und band dann um alles die Schleife der tiefen Verbundenheit und gab es nun in die vollendete Vergangenheit, um wieder neuen Raum zu schaffen für das Jetzt und die Zukunft!

Meine Freunde und meine Familie unterstützten mich mit viel Liebe, um mir mein Leben zu erleichtern, doch ich fühlte mich gar nicht einsam. Im Gegenteil, ich genoss zuerst einmal meine wiedergewonnene Freiheit in vollen Zügen, nahm mir vor, sie für nichts in der Welt wieder aufzugeben. So müssen sich die Sklaven gefühlt haben, als sie das Joch von sich abschüttelten.

Nie wieder sollte ein Mann mein Leben bestimmen dürfen, keiner meine Gefühle verwirren. Mich voll und ganz auf einen fremden Menschen neu einzustimmen und anzupassen, dazu glaubte ich weder die Kraft noch die Zeit zu haben.

Wir wohnten in einem Dorf und ich schockierte schon meine Umwelt, weil ich keine Trauerkleidung anlegte, nicht wie eine schwarze Krähe durch die

Gegend lief und bei jedem Gespräch, das meinen Mann betraf, fassungslos in Tränen ausbrach.

„Wie leicht Sie das alles nehmen können", wirft man mir noch heute vor und hält mich für äußerst herzlos. Doch auf die Meinung anderer Leute habe ich noch nie etwas gegeben. Eine kostenlose Theatervorführung durften sie bei mir nicht erwarten. Trauer vollzieht sich im Inneren, sie ist kein Aushängeschild für die lieben Nachbarn!

Kapitel III

ie Monate vergingen ... Schon zwei Jahre des „Alleinseins" lagen hinter mir. Immer stärker wurde mir bewusst, wie viel unverbrauchte Liebe und Zärtlichkeit in meinem Herzen schlummerten, die nur darauf warteten, herauszusprudeln; alles mit sich hinwegreißend. Wie eine Pflanze in der Wüste bei der Dürre, nur darauf wartend, mit den ersten Regenschauern zu voller Pracht zu erblühen!

Ich empfand in meinem Herzen eine unbändige Abenteuerlust auf das Leben. Wer weiß, wie viel Zeit mir noch geschenkt wurde. Ich wollte sie nicht nutzlos vergeuden, einen Tag wie den anderen dahin schwinden sehen! Nein, ich wollte diese kostbaren Jahre intensiv genießen, ich wollte *leben*. Dazu gehörten jedoch zwei!

Der „Homo sapiens" ist nun einmal von der Natur als Wesen programmiert worden, das nur im sozialen Gefüge glücklich sein kann. Ich brauchte also dringend einen Freund, jemanden, dem ich meine Gedanken mitteilen konnte, der Freud und Leid mit mir teilte und an dem ich meinen Verstand wetzen konnte!

Ich war nicht der einzige Single auf der Welt. Was taten die anderen Frauen, um wieder ein männliches Wesen an sich zu binden? Lebt man in der Stadt, gibt es auf diesem Gebiet keine Probleme. Es laufen so viele Männer herum, im Herzen die Sehnsucht nach ein wenig Liebe und Zärtlichkeit, man braucht sich nur den Richtigen auszusuchen.

Doch ich lebte auf dem Land, war an mein Haus gebunden und von öffentlichen Verkehrsmitteln abhängig. Es gehört nicht allzu viel Fantasie dazu, sich auszumalen, was das bedeutete.

Ich überlegte: Was wollte ich eigentlich?
Nun, einen Mann, mit dem ich meine Gedanken austauschen konnte, lange Streitgespräche führen, seine Empfindungen und Gefühle ergründen, doch immer nur auf Abstand und auf hohem Niveau

bitte! Und nur keine persönliche Nähe, von Sex mit einem Fremden ganz zu schweigen.

Vielleicht sollte ich es einmal mit einer Singlebörse versuchen. Ich meldete mich an, suchte dabei die Preiswerteste aus, denn viel Geld wollte ich nicht investieren, es war ja schließlich nur ein Experiment und erstellte mein Profil. Meine Vorstellungen entsprachen aber so gar nicht der Realität. Die Männer, die sich hier tummelten, hatten ganz andere Wünsche.

Nach vielen Zuschriften konnte man sie sehr genau einordnen.

Es gab drei Kategorien:

Zum Teil hatten sie nur das eine Ziel: Sex! Und zwar schon beim ersten Date, wahrscheinlich vermuteten sie sehr richtig, dass ein zweites gar nicht erst zustande kommen würde.

Dann Männer in meiner Altersklasse, bei denen die Partnerin jedoch sehr viel jünger sein musste. Der Verdacht stand nahe: Wollten sie dadurch dem

Altersheim entgehen und somit zu Hause eine kostenlose Pflege für später erobern?

Und dann die ganz Cleveren, selber noch jung, suchten sie ältere Frauen, nach oben war keine Grenze gesetzt. Vermögend mussten sie natürlich sein und ohne Anhang, der ihnen später das Erbe streitig machen könnte!

Das Ergebnis dieses Experimentes: Ernüchternd! Hatte ich etwas anderes erwartet? Einen Versuch war es wert gewesen, doch er war gescheitert! Schleunigst wieder alle Daten löschen und einen anderen Weg suchen!

Bisher war mein Leben vom Gehirn reguliert worden. Das Gefühl kam erst an zweiter Stelle. Nun beschloss ich, genau das Gegenteil auszuprobieren.

All die Jahre hatte mir mein Verstand treu und verlässlich gedient, ihm kam eine Ruhepause zu. Also ab in den Urlaub! Auszeit nehmen, sich neu erfinden und abschalten. Sollte das Chaos mich verschlingen, konnte ich ihn zu Hilfe rufen. Jetzt sollte er sich eine schöne Südseeinsel aussuchen und im warmen Sand das Träumen genießen.

Die Tigerkatze in mir machte sich in der Dämmerung auf den Pirschgang, nach geeigneter Beute Ausschau haltend. Doch alles, was mir über den Weg lief, war nicht der Mühe wert, Jagd darauf zu machen. Im Dorf herrschte Ebbe! Lohnende Objekte waren alle schon vergeben und die Ehefrauen hielten ihre besseren Hälften scharf im Auge und sehr kurz an der Leine. Sie durften sich nicht einmal nach einer anderen Frau umschauen, oder ihnen wurde die Luft abgewürgt, so eng zog man die Kette an. Welche Raubkatze legt sich schon freiwillig mit eifersüchtigen Weibern an?

Meinen gesamten Freundeskreis durchstöberte ich vergeblich nach einem geeigneten Opfer. Als ich meinem Idol im Herzen mein Leid klagte, grinste er nur unverschämt, zwinkerte mir zu und säuselte in meinem Inneren mit seiner sexy Stimme: „Warum suchst du nur so lange und übersiehst das, was vor deiner Nase liegt? Warum nimmst du nicht ganz einfach mich? Ich habe das ewige, nutzlose

Herumstehen auf meinem Sockel so langsam satt und der Lorbeerkranz verliert auch allmählich an Glanz. Ich will Taten! Action ist angesagt. Wir könnten unwahrscheinlich viel Spaß haben. Nur Mut!"

„Eigentlich keine schlechte Idee. Packen wir's an! Doch bitte, versprich mir, lass mich nie im Stich!"

Noch am selben Abend, solange die Erinnerung mein Inneres frisch berührte, schrieb ich meinem Paradiesvogel einen Brief.

Nur nicht zu emotional sein!

Ich brauche einen Freund und von allen, die früher meine Wege gekreuzt haben, bist du der Einzige, den ich mir in dieser Rolle vorstellen könnte. Wirst du mir antworten?

Was mir nun zu tun übrig blieb war abwarten!

Es verging eine Woche, eine zweite und noch sieben lange Tage folgten.

Was hatte ich denn erwartet? Seit unserem letzten, leider zu kurzen Treffen waren abermals sechzehn

Jahre vergangen und nie hatte er etwas von mir gehört. Er konnte ja schließlich nicht ahnen, wie oft er in meinen Gedanken herumgespukt hatte, doch bisher war nichts dabei herausgekommen.

Wenn ich mein bisheriges Leben genau unter die Lupe nahm, hatte Moral dort immer eine bedeutende Rolle gespielt, doch was hatte sie mir eingebracht? Sie hatte meine Sehnsüchte verdrängt, mich auf dem Weg zur großen, einmaligen, alles verzehrenden Liebe auf Irrwege geführt und auf tote Gleise umgeleitet. So kam ich nicht weiter.

Und dann kam der Tag, der mein ganzes Leben ins Chaos stürzen sollte: Im Briefkasten lag ein Brief von meinem Helden!

Zwar kurz und sachlich verfasst, doch hinter den Zeilen konnte man mit der nötigen Fantasie eine Menge herauslesen: Er nahm mein „Freundschaftsangebot" an.

Das Schicksal griff ein und bestimmte von diesem Zeitpunkt an unsere Zukunft.

Im Moment dachte noch keiner von uns an Liebe, schon gar nicht an die *ganz große, ewige, alles mit sich fortreißende Liebe!*

Es war eher Neugierde bei meinem Paradiesvogel. *Was steckte wohl dahinter, dass sie sich an mich erinnerte? Mal schauen,* dachte er sich wahrscheinlich!

Ich hatte den Stein ins Rollen gebracht und wollte ihn auch in eine erfolgsversprechende Bahn lenken.

Zuerst legten wir die Wege der Kommunikation fest. Er per Telefon (ich dankte Gott, dass es ein Handy gab!), und ich durfte ihm schreiben!

Es folgte eine wunderbare Zeit! Ich wurde zum Schmetterling, nahm ihn auf meinen Flügeln der Fantasie mit in ein Paradies in den Wolken, ließ ihn teilhaben an meinen Gedanken, Gefühlen und schrieb ihm viele, viele   Briefe.

Damit wollte ich ihm einen kleinen Einblick in mein Leben geben, damit er mich genauer kennenlernen konnte.

Das Kostbarste waren jedoch unsere Gespräche, die von Mal zu Mal intensiver und vertrauter wurden.

Zuerst rief er nur an den Wochenenden an, doch bald genügte uns das nicht mehr. Dazwischen lagen fünf lange Tage ohne jeglichen Kontakt und das waren einfach zu viele, wenn man darauf warten musste, den anderen wieder mit seiner Stimme zu verzaubern. Nach und nach wurden unsere Gespräche häufiger und inniger.

Mein Andy hatte ein sehr ausgeprägtes Langzeitgedächtnis, genau wie ich auch. Er zog mich häufig mit sich fort in die Vergangenheit. Dann hieß es oft: „Weißt du noch ...

Weißt du noch, wie wir zusammen in einer Klasse saßen? Es gab da so einige weibliche Exemplare, die ich ganz süß fand, doch du bist mir sofort aufgefallen. Ich weiß noch, wie blöd und schüchtern ich damals war, weil ich aus einer reinen Jungensklasse zu euch kam und außer der Tanzschule keinerlei Erfahrung mit euch weiblichen

Wesen hatte. Was hätte damals schon aus uns beiden werden können!"

Diese Illusion raubte ich ihm sehr schnell. „Sei froh, dass das Schicksal es so gut mit uns gemeint hat. Es wäre ein totales Fiasko geworden, mit dem Klassendünkel, der damals noch so stark vorhanden war. Wir gehörten nun einmal ganz verschiedenen Welten an. Wir mussten im Laufe der Jahre viel lernen, bis wir zu den Menschen wurden, die wir heute sind. Wir brauchten einfach diese Zeit des Reife-Prozesses.

Weißt du noch ... das letzte Jahr in unserer kleinen Klassengemeinschaft, als alle Mädchen bis auf zwei weg waren? Du, immer sehr brav, aber deine Freundin war schon ganz schön sexy (reizte mich jedoch nie!) Die Jungs machten sich einen Spaß daraus, während der Unterrichtsstunde etwas herunterfallen zu lassen und dann immer lange auf Tauchstation unter der Bank zu bleiben, nur um herauszufinden, ob sie eine Unterhose anhatte!"

Ich musste herzhaft lachen, hätte ich den Knaben gar nicht zugetraut.

Bei meinem nächsten Besuch zu Hause ging ich noch einmal meinen alten Schulweg entlang.

„Es hat sich so vieles verändert", berichtete ich Andy, „ die weiten Felder und ausgedehnten Ländereien, sind nun alle zugebaut, nicht mehr wiederzuerkennen. Unser Schulgebäude hat sich aber nicht gewandelt, es ist noch genauso, wie ich es in Erinnerung behalten habe."

Dieses Zurückversetzen ins „Damals", von der Fantasie beflügelt, stärkte unser Gefühl einer intensiven inneren Zusammengehörigkeit noch mehr.

Es war schon lustig, wie wir jedes Mal neue Gemeinsamkeiten entdeckten:

Zum Beispiel Gerichte, die wir mochten:

„Liebst du auch Rosenkohl, Spinat und Spargel? Und ein herrliches, saftiges Steak, nur leicht angebraten, innen noch fast roh? Nudeln, in allen Variationen?"
Italienische Restaurants hätten auch zu meinen Favoriten gezählt. Beide liebten wir Kuchen, Eis

und Pralinen. Bei mir musste es meistens bei der Liebe dazu bleiben, denn sonst wäre ich bald dick und rund wie eine Kugel geworden. Bei einer Frau steht die Eitelkeit zum Glück vor der Genusssucht. Mein Andy wanderte viel und wurde so die überflüssigen Pfunde schnell wieder los. Auch in der Musik hatten wir denselben Geschmack. Wir liebten die romantischen Schnulzen der fünfziger und sechziger Jahre, sie waren ein Bindeglied zu den Geschehnissen, die früher in unserem Leben eine Rolle gespielt und sich daher besonders stark eingeprägt hatten, außerdem stellten sie die Verbindung zur Vergangenheit her. Es interessierte uns wenig, wenn andere darüber die Nase rümpften!

Beide fühlten wir eine tiefe, innere Verbundenheit zu Gott, kein religiöses Zur Schaustellen, den Mitmenschen zuliebe. Er war streng katholisch erzogen worden, doch durch seine Scheidung und die Ehe mit seiner zweiten Frau, die evangelisch war, in Zwiespalt mit der Kirche als Institution, geraten. Eine Hälfte seiner Familie war katholisch, die andere evangelisch, da nahm man am besten eine völlig neutrale Haltung ein.

In meiner Familie spielte die Religion keine Rolle, mein Vater war Freidenker und doch war die innere Bindung zu Gott bei mir sehr stark ausgeprägt. Sie kam vom Herzen und der Seele, nicht vom Verstand.

Schon bald, als das Thema *Liebe* zur Sprache kam, merkte ich, dass mein Held resigniert hatte. „Liebe", dieses große Wort, hatte für ihn keine besondere Bedeutung mehr. Er wollte nur noch seinen Frieden und seine Ruhe haben, keine Probleme, die sein wohl geordnetes Leben durcheinander bringen konnten.

Ich hatte nicht die Absicht, ihn seiner Familie zu entfremden, aber auf diesem Gebiet stieß ich auf brachliegendes Land, das geradezu danach schrie, bearbeitet zu werden.

Wollte ich diesen *Krebs* aus seiner Schale hervorlocken, ihn wieder zum Leben erwecken, zur

Fantasie und bedingungslosen Liebe, dann musste ich sehr vorsichtig und zartfühlend sein.

Doch darüber brauchte ich nicht lange nachzudenken. Ich folgte einfach meinem Herzen und meinem Instinkt.

Einmal in Gang gebracht, entwickelte sich alles wie von selber. Das Schicksal führte Regie und wir folgten; ihm blindlings vertrauend.

Nach ein paar Wochen tauschten wir die ersten Fotos aus, um so auch der Wirklichkeit etwas näher zu kommen. Hierbei sandte mir mein Paradiesvogel, wohl ein wenig von Eitelkeit getrieben, eine Aufnahme von ihm, die wohl mehr aus der Epoche unseres ersten Treffens stammte, zu. Es war gleichsam ein Mittelstück zwischen dem Helden in meinem Herzen und dem heutigen Andy. Ich liebte dieses Foto, stellte es in der ersten Zeit auf meinen Schreibtisch, wo ich es immer vor Augen hatte und gab ihm jeden Morgen einen zärtlichen Kuss. Vorsichtig, damit es nicht zu sehr ruiniert wurde!

Selber war ich etwas realistischer und ließ einen Fotografen eine Porträtaufnahme von mir anfertigen. Ich machte kein Hehl daraus, dass ich älter geworden war. Dieser Prozess trifft uns alle, jeder muss damit fertig werden. Über das Problem der „Midlife-Crisis" waren wir beide schon einige Zeit hinweg.

Unsere Gedankenaustausche dauerten stets lange, er führte sie auf seinen ausgedehnten Spaziergängen, wo er ungehindert reden konnte, ohne dass die Gefahr bestand, belauscht zu werden. In dieser Freiheit kamen einem die besten Ideen. Auch ich entdeckte den Reiz, meinen Fantasien freien Lauf zu lassen, vor mich hin zu träumen, stundenlange Wanderungen zu machen. Es tat meiner Gesundheit und Figur gut und weckte nebenbei innige Gefühle. Immer neue Vorstellungen beflügelten meine Seele, regten meine Abenteuerlust an. Hoffentlich hatte ich die Gelegenheit, sie einmal in die Realität umsetzen zu können. Welch eine wundervolle Aussicht auf die Zukunft!

An Gesprächsstoff mangelte es uns beiden nie. Mit jedem Tag lernten wir uns besser kennen und spürten die magische Kraft, die uns gegenseitig anzog. Es war, als wäre ich, da ich mehr als ein Jahr älter war, als Erste geschaffen worden. Da sich die Version als gut erwiesen hatte, wurde nach demselben Muster mein Held geformt. Alles bei uns passte zusammen, wie Puzzle-Steine, die zusammengefügt, ein einheitliches Bild ergeben.

Die entscheidende Wende in unserer Beziehung trat ein, als er zum ersten Mal zum Abschied: „Tschüss, mein Schatz" zu mir sagte.

Wie er mir viel später beichtete, war es mehr eine Geste der Gewohnheit gewesen, so wie er auch mit einem Hund sprechen würde, der sich ihm zutraulich näherte, oder mit seinen Kindern und Enkelkindern. Ich selber hatte ja auch die Angewohnheit, jeden in meiner Familie mit „Schatz" oder „Liebling" anzureden. Wenn sich das auf meine Enkelkinder bezog, konnte man es ja noch tolerieren, aber selbst die wollten irgendwann in der Öffentlichkeit nicht mehr so von ihrer Oma angeredet werden.

„Wir sind schließlich schon fast erwachsen, da genügt es vollkommen, wenn du unsere Namen benutzt."

Wenn ich dann aber, im Eifer des Gefechtes, in aller Öffentlichkeit, meinen Sohn mit seinen beinahe fünfzig Jahren noch mit „Schatz" titulierte, war das sicher etwas zu viel des Guten! Er gab die Hoffnung nicht auf, dass ich mich wenigstens im Beisein anderer, ein wenig normal benehme.

Doch ich sah in diesen Worten eine Veränderung in unseren Gefühlen, weil ich sie einfach sehen *wollte*! Es waren nun schon drei Monate in unserer Beziehung vergangen und plötzlich, wie mit einem Blitzschlag, zog die Zärtlichkeit in unsere Herzen ein. Wie selbstverständlich; keiner sperrte sich dagegen, wir ließen diese herrliche Vertrautheit zu, wir öffneten uns gegenseitig unsere Seelen und sprachen über alles, was uns bewegte.

So entstand ein tiefes Vertrauen.

Nicht alleine die vielen gemeinsamen Seiten, die wir bei uns entdeckten, nein auch die Erinnerung an die teilweise zusammen verbrachte Schulzeit zeigte sich als ein enges Glied einer Kette, geschmiedet in der Vergangenheit, bleibend für Gegenwart und Zukunft!

Waren es auch nur ein paar gemeinsame Schuljahre gewesen, sie verbanden uns mehr, als wir jemals geahnt hätten.

Wir hatten auch dieselbe Art von Humor. Er war ein Meister im Witze erzählen.
Merkte er, dass ich traurig war, hatte er mich schon kurze Zeit später wieder aufgeheitert. Er besaß ein nie endendes Repertoire an Witzen. Manches Mal begleiteten sie schon am frühen Morgen seine Küsse zum Beginn des Tages. Das Lachen verjagte die tristen Gedanken und ich fing den neuen Tag glücklich und beschwingt an. In meinem ganzen Leben habe ich nicht so viel gelacht, wie mit meinem Andy.

Wie herrlich ist es, einen Menschen zu haben, mit dem man Glück und Traurigkeit teilen, mit dem man lachen und weinen kann!

Nachdem wir uns nun so nahe gekommen waren, wollte ich unsere Sternzeichen untersuchen. Dabei vertraute ich nicht so sehr unseren gewohnten Himmelszeichen am Firmament, ich fühlte mich mehr zu den chinesischen Tierzeichen hingezogen. Jedes dieser Tiere beherrscht jeweils ein Jahr und damit auch das Schicksal des unter ihm geborenen Menschen, formt seinen Charakter und somit auch seinen Lebensweg.

Mein Held war ein „Büffel". Ich studierte seine Eigenheiten, lernte, was er mochte und ablehnte, fühlte mich in dem, was ich selber in vielen Gesprächen herausgefunden hatte, bestätigt und musste von Beginn an lernen: diesen, meinen Prachtmenschen würde ich nur in meinen Träumen besitzen, ein gemeinsames Leben würde es für uns nicht geben.

Jetzt hatte ich noch die Chance, es einfach bei einer guten Freundschaft zu belassen, mir für mein Leben einen Menschen zu suchen, der noch frei war und so in der Realität den leeren Raum mit Liebe und Zärtlichkeit ausfüllte. Mein Schicksal hieß jedoch „Andy". Von ihm würde ich nicht mehr loskommen.

Er war ein absoluter Familienmensch. Nie würde er sich von den Menschen, die zu ihm gehörten und die er liebte, trennen. Wenn ich ehrlich war, so hätte ich ihm auch nicht diese Gefühle von Ehrfurcht und Verehrung entgegen bringen können, hätte er wegen einer neuen Frau den Menschen im Stich gelassen, von dem er nun zwar keine Liebe mit Sex und Leidenschaft mehr erwarten konnte, wohl aber tiefe Freundschaft und Treue. Ich hätte mir dann innerlich immer gesagt: *Käme eine neue Liebe in sein Leben, würde er auch dich im Stich lassen!*

Ich dagegen schwebte zwischen zwei Zeichen: Ratte und ein wenig Schwein.

Es erfüllte mich voller Glück, dass Büffel und Ratte das ideale Paar waren, sowohl im Umgang miteinander als auch in der Liebe und im Sex: einfach perfekt!

Wie gerne glaubt man das, was man sich herbeisehnt!

Ich druckte diese neu gewonnenen Erkenntnisse aus dem Internet aus und schickte sie meinem Andy. Er akzeptierte es und seitdem gab es auf der Erde ein neues Liebespaar*: den Büffel und seine Ratte!*

Kapitel IV

Das Jahr ging zu Ende und die Sehnsucht, einander in die Augen zu schauen, ihn zu küssen, in seinen Armen zu liegen und ihn auch körperlich kennenzulernen, wurde immer größer. Wir hatten ein so starkes Band der Gemeinsamkeit, der Liebe und Zärtlichkeit gewoben, in unserer Fantasiewelt, in unserem Zauberland der Gefühle, in dem Paradies unserer Herzen, aus dem uns keine Schlange zu vertreiben in der Lage war, dass wir nun ein Treffen wollten, den ersten persönlichen Kontakt nach so langen Jahren, riskieren.

Andy hatte ein Zusammenkommen bisher immer hinausgezögert.

„Wir wollen unsere Liebe doch erst einmal aufbauen und stärken, bevor wir das Risiko eines Treffens eingehen. Du willst doch auch nicht nur eine Liebesnacht und am nächsten Tag geht man wieder auseinander. Adieu mein Schatz, das war es dann. Unsere Liebe soll etwas ganz Besonderes sein!"

Nun fühlten wir beide, war unsere Zeit gekommen. Alles in uns drängte danach, einer Realität die Chance zu geben. Aus den Wolken der Fantasie abgetaucht, wollten wir nun die Wirklichkeit erproben.

Eine innere Unruhe ergriff mich und ich begann zu grübeln: *Mein Büffel war ein Frauenkenner, hatte ein sehr abenteuerliches Leben hinter sich. Wie viele Frauen hatte er mehr oder weniger gut gekannt und geliebt? Wie viel wusste ich von seinem Inneren, seiner Seele? Welche Bedeutung hatte Sex in seinem Leben? Was für Vorstellungen hatte er davon? Würden wir auch in diesem Bereich dieselbe Wellenlänge haben?*

Bei der nächsten, sich bietenden Gelegenheit wagte ich vorsichtig, meinen Büffel zu ergründen: „Wie stehst du zu oralem Sex? Dürfte ich deinen Schwanz in den Mund nehmen und ihn verwöhnen?

Fast fünfzig Jahre lang bin ich in meiner Ehe passiv gewesen. Ich würde so gerne auch einmal aktiv sein!"

Es folgte eine lange Pause … war er nun sehr schockiert?
Dann antwortete er: „Ja wenn du möchtest, kannst du das natürlich gerne tun!"

Hm, sehr begeistert hörte sich das aber nun wirklich nicht an und ich war eigentlich genau so schlau wie vorher, was seine sexuellen Wünsche betraf. Für die meisten Paare ist das ein Thema, über das man nicht spricht. Man hat Sex, weil er einfach zur Liebe dazu gehört, doch die meisten wissen nicht, was für geheime Vorstellungen und Wünsche im Inneren ihres Partners verborgen sind. Auch ich hatte in den langen Jahren meiner Ehe diesen Fehler begangen und dadurch, aus Unkenntnis, nie ein erfülltes Sexleben gehabt. Ich hatte mir geschworen, diesen Fehler nicht noch einmal zu wiederholen.

Hinzu kamen noch andere Überlegungen, die mich plagten: *Würde ich, alleine vom äußeren*

Erscheinungsbild, den Ansprüchen, die ein erfahrener Mann an eine Frau stellt, genügen? Worauf schaute er zuerst?
Auf die Augen, die Hände, die Brüste, den Po? Das waren Dinge, die ich am Handy nicht wirklich fragen wollte. Etwas in meinem Inneren sträubte sich dagegen. Das musste ich erforschen, wenn ich in seinen Armen lag.

Kritisch betrachtete ich mein Spiegelbild.

An deiner Figur wirst du noch arbeiten müssen. Einige Speckgürtel müssen unbedingt verschwinden, sagte meine innere Stimme. Die Naschereien in der Vorweihnachtszeit würden also wohl gestrichen werden. Das bedeutete schon ein großes Opfer, denn ich war von Natur aus eine richtige „Naschkatze". Hoffentlich wusste mein Paradiesvogel dieses Opfer gebührend zu würdigen. Auch er liebte die süßen Dinge des Lebens (in jeder Beziehung), nur haben Männer im Allgemeinen nicht so schnell Probleme mit der Figur.

Ansonsten war ich mit meinem Äußeren zufrieden. Meine Brüste waren in Ordnung, ein kleines Bäuchlein, na ja, musste er einfach mit in Kauf nehmen, ich zählte nun einmal keine zwanzig, sondern beinahe fünfundsiebzig Jahre. Mein Alter sah man mir nicht an, es interessierte mich aber auch nicht im Geringsten, ob bei jedem Geburtstag ein neues Jahr hinzugekommen war. Ich fühlte mich noch immer attraktiv und hatte eine große Ausstrahlung von Lebensfreude und Optimismus.

Irgendwo hatte ich gelesen, dass „Steinbock" Frauen mit jedem Jahr jünger, anstatt älter werden. Nun, in dieser Beziehung war ich ein „echter Steinbock".

In Gedanken malte ich mir unser Wiedersehen aus: *Würden wir beide mit dem, was uns gegenüberstand, zufrieden sein?*

Eine Stimme in meinem Herzen sagte mir: *Du wirst dich hoffnungslos und unsterblich in ihn verlieben,* ob es bei ihm jedoch genauso sein würde? Jedenfalls fasste ich den festen Entschluss:

All meine Kräfte werde ich aktivieren! Ich möchte ihn so verzaubern, dass er mich nie mehr vergessen wird, weder bei Tag noch bei Nacht!

Dieses Treffen würde der Neuanfang von etwas sein, das wir jetzt noch nicht realisieren konnten. Es würde aber ganz sicher unser Leben verändern, das spürten wir *beide* sehr genau.

Voller Ungeduld wartete ich auf den Beginn des neuen Jahres.

Für den neunten Januar hatte ich mein Hotel und meine Zugverbindungen gebucht.

Das Hotel musste leider sein, da unser Treffen an einem neutralen Ort stattfinden sollte. Das sind nun einmal die Nachteile, wenn man sich mit einem verheirateten Mann einlässt. Heimlichkeiten auf der ganzen Linie, und er war sehr vorsichtig, mein Büffel. Nur kein Risiko eingehen, weil das hinterher zu immensen Schwierigkeiten führen könnte. Ehefrauen haben nun einmal einen ganz besonderen Spürsinn, wenn ihr Göttergatte sich auf verbotenen Pfaden bewegt. War die Eifersucht

erst einmal geweckt, wurde die Leine so kurz
gehalten, dass mein Büffel Schwierigkeiten gehabt
hätte, Atem zu holen! Er wusste genauso gut wie
ich, würde er sich in eine Lage hinein manövrieren,
in der er sich zwischen zwei Frauen hätte
entscheiden müssen, dann hatte die Ratte sehr
schlechte Karten. Trotz aller Liebe würde sie auf
der Strecke bleiben müssen. Ich lachte ihn schon
manches Mal, wegen seiner übertriebenen Vorsicht
aus. Mein Büffel aber wusste ganz genau, was für
uns beide auf dem Spiel stand und handelte immer
sehr klug und mit Verstand.

Er hatte ein erstklassiges Hotel ausgesucht, zentral
gelegen, doch auch wiederum so, dass er keinerlei
Befürchtungen haben musste, einem Bekannten zu
begegnen. Ich stellte keine großartigen Ansprüche.
Mir hätte eine einfache Unterkunft auch genügt.
Doch da setzte sich mein Büffel durch, es durfte
nicht unter seinem Niveau liegen.
So perfekt wir auch zueinanderpassten, mit
Reichtümern war ich nicht gerade gesegnet. Da
unterschieden uns Welten! Mein Andy brachte mich
aber nie in Verlegenheit. Großzügig kam er für die

Hotel- und Fahrtkosten auf und ich, von meiner Seite, habe seinen Reichtum nie für meine Zwecke ausgenutzt. Lieber hätte ich mich auf die Straße gesetzt und um wohltätige Spenden gebettelt.

Geld hatte in meinem Leben nie eine Rolle gespielt, obwohl es manchmal schon nützlich war, wenn man etwas davon besaß. Vor allem hatte es keinerlei Bedeutung für unsere Liebe. Da zählten ganz andere Werte!

Die Nacht vor der großen Reise schlief ich erstaunlicherweise gut, kein Abenteuerstress, keine Grübeleien, wie es wohl ausgehen würde!

Mein Koffer war schon einige Tage zuvor abgeholt worden und wartete sicher schon im Hotel auf mich. Ich wollte meine Reise unbeschwert genießen.

Erst im Zug kam ich zur Ruhe. Jede Umdrehung der Räder fraß die Entfernung, die mich von meinem Andy trennte, dennoch kamen mir diese sieben Stunden Fahrt wie eine Ewigkeit vor.

Das Abenteuer „Bahn" ging ohne Hindernisse vonstatten. Ich hatte das Schicksal auf meiner Seite, das mir unnötigen Ärger ersparen wollte, wie Verspätungen, verpasste Anschlusszüge und stundenlanges, nutzloses Herumstehen auf zugigen Bahnhöfen bei frostigen Temperaturen.

Am späten Nachmittag kam ich in meinem Hotel an. Die erste Hürde hatte ich genommen!

Das Zimmer gefiel mir, es war ein gemütliches Nest. Was würde mich morgen hier wohl erwarten?

Nachdem ich meinen Koffer ausgepackt hatte, meldete ich mich bei meiner Familie.

Meine Kinder ließen mich stets nur sehr ungerne und mit den größten Bedenken alleine auf Reisen gehen.

„Schlaf um Gottes Willen während der Fahrt nicht dauernd ein! Denke daran, du musst mehrere Male umsteigen. Wer weiß, wo du landen wirst!"

So viele gut gemeinte Ermahnungen. Dabei war ich doch erwachsen und kam sehr wohl alleine zurecht!

Nun, ganz verübeln konnte ich es ihnen nicht, da ich die herrliche, für meine Umwelt jedoch nervende Angewohnheit besaß, bei geistigem und körperlichem Stillstand einfach die Augen zuzuklappen und notwendigen Schlaf entweder nachzuholen oder schon einmal vorwegzunehmen. Man konnte ja nie wissen, wozu es nützlich war. Das war für die anderen absolut unverständlich.

Deshalb hatte ich mir eine Reihe meiner romantischsten Lieblingslieder auf das Handy geladen. Musik hält wach, so trickst man die Schläfrigkeit aus. Nur sollte man schon darauf achten, dass die Ohrstöpsel auch richtig im Handy saßen. Hatte ich jedoch versäumt! Ich merkte zwar, dass ich von allen Seiten mit bösen Blicken bombardiert wurde, dachte mir aber nichts dabei, ignorierte es einfach. Dann kam eine Zugbegleiterin auf mich zu und machte mich diskret darauf aufmerksam, dass den anderen Fahrgästen meine Musik absolut nicht gefiel, dazu noch viel zu laut!

Oh wie peinlich! Ich hatte wirklich nicht gemerkt, dass sich die Lautsprecher-Stöpsel gelöst hatten und meine Melodien sich ungehindert ausbreiten konnten. Der Schaden wurde schnell behoben, ein paar Entschuldigungen meinerseits und mir wurde gnädig verziehen. Der Vorteil, wenn man erster Klasse reist. Man geht zivilisierter miteinander um.

Ansonsten war ich von allen Problemen verschont worden.

Ich machte mich ein wenig frisch, zog mich um und dann ging ich in den Speisesaal. Außer dem Frühstück hatte ich heute noch nichts Festes in meinen Magen bekommen. Er nahm es mir übel und knurrte laut. Ich suchte mir aus der Speisekarte ein Gericht aus, das zwar nicht vielversprechend, jedoch essbar zu sein schien. Eigentlich hatte ich in einem Fünf -Sterne - Hotel eine bessere Küche erwartet, mein Magen dachte sicher: *Besser das, als gar nichts, und war zufrieden!*

Danach erkundete ich die Stadt, die Abenddämmerung hatte schon eingesetzt, deshalb blieb ich immer in der Nähe meines Hotels. Mein Orientierungssinn war nicht besonders gut ausgebildet. Mich in der Dunkelheit zu verlaufen, das konnte ich heute am allerwenigsten gebrauchen.

Ich war hundemüde und ging, ganz entgegen meine Gewohnheit, einmal früh zu Bett. Was soll man auch alleine in einem fremden Hotelzimmer anderes tun?

Meinen Büffel hatte ich als Ersten angerufen. Wir hatten uns für den nächsten Morgen verabredet, gleich nach dem Frühstück, um acht Uhr.

Fit, gut ausgeschlafen und zum großen Abenteuer bereit, wachte ich schon sehr früh auf.

Für meine Morgentoilette nahm ich mir immer viel Zeit und heute wollte ich mich ganz besonders hübsch machen. Wie viel würde davon abhängen? Man sagt ja immer, der erste Eindruck ist der Entscheidende.

Alles, was ich mitgenommen hatte, probierte ich nacheinander an, kombinierte dies mit jenem, verwarf es wieder, begann von neuem. Nach einer Stunde war ich endlich mit mir zufrieden. So konnte es bleiben. Nicht zu aufdringlich für den frühen Morgen, aber auch sofort Aufmerksamkeit erregend. Ich liebte es, mein Umfeld herauszufordern und zu provozieren! Vor allen Dingen wollte ich meinem Büffel gefallen. Noch einen Hauch von meinem Lieblingsparfum, Schicksal nimm deinen Lauf!

Alle Liebesgötter, alle himmlischen Mächte bat ich flehentlich um ihren Beistand:

Bitte helft mir! Lasst dieses Wiedersehen nach so langer Zeit zu einem vollen Erfolg werden. Bitte nur keine Enttäuschung. Möge es der Beginn einer großen Liebe werden!

Voller Vorfreude und Lust auf das, was mich erwartete und einem tiefen Glücksgefühl im Herzen, das mich auf Wolken schweben ließ, ging ich zum Speisesaal.

Ein paar Geschäftsleute stocherten verschlafen und ziemlich lustlos an ihrem Frühstück herum. Um diese Zeit war hier noch kein Betrieb.

Ich suchte mir einen Tisch in der Nähe des Eingangs. Durch die großen Glastüren konnte ich die Eingangshalle gut überblicken.

Auch ich war mit meinen Gedanken nicht bei der Sache. Wahllos hatte ich meinen Teller beladen. Hätte man mich später gefragt, was ich gegessen hatte, die Antwort wäre mir schwer gefallen. Mit einem Auge schielte ich nach meiner Armbanduhr, mit dem anderen zum Handy, das ich neben meinen Teller gelegt hatte, um nur nicht den Anruf meines Büffels zu überhören. Dazu musste ich auch noch die Halle draußen im Auge behalten. Welch ein Stress am frühen Morgen!

Punkt acht Uhr, und ich sah meinen Andy die Treppe herauf kommen. Er ließ sich auf einen der Sessel nieder und griff zu seinem Handy. Ich wartete den Klingelton erst gar nicht ab, stürzte den letzten Schluck Kaffee hinunter und düste los.

Älter war er geworden, mein Märchenprinz, aber sonst war es derselbe Paradiesvogel, den ich so lieb gewonnen hatte, in der Zauberwelt unserer Fantasie. Eine Welle der unterschiedlichsten Regungen überflutete mich: Bewunderung – Hochachtung – Respekt. Doch all dieses verblasste gegen das tiefe, warme Gefühl von Liebe und Zärtlichkeit. Das Kribbeln im Bauch, wie von tausend Schmetterlingen, die in meinem Herzen landen wollten.

Es gab kein vorsichtiges Abtasten, keine untersuchenden Blicke, oh nein, ich ließ mich von meinem Gefühl mitreißen und fiel ihm einfach spontan um den Hals, küsste ihn und strahlte ihn an, wie ein ausgeflippter Teenager. Meine Ahnung hatte mich nicht getrogen: In diesem Augenblick hatte ich mich voll und ganz, mit Haut und Haaren, mit Knochen und Gräten in ihn verliebt.

Später erzählte er mir, dass es ihm ganz genauso ergangen war. Ich hatte ihn mit meinem Gefühlsausbruch absolut überrannt.

Eine Frau wie mich hatte er in seiner Sammlung noch nie gehabt: selbstbewusst, leidenschaftlich, unkonventionell. Ich hatte ihn verzaubert, so wie auch er mich in seinen Bann gezogen hatte.

Wir nahmen uns bei der Hand und gingen auf mein Zimmer, brauchten keine Worte. Unsere Körper drängten zueinander, wollten sich kennenlernen. Noch nie habe ich in so kurzer Zeit alles Überflüssige und Hindernde abgelegt. Ein Kleidungsstück nach dem anderen landete auf dem Sessel. Wir lagen uns in den Armen, erkundeten und liebten uns, waren begeistert von einander. Wir erkannten, wie gut es gewesen war, zuerst eine Liebe in unserem Märchenparadies aufzubauen. Wir waren so vertraut, als hätten wir uns schon ein ganzes Leben lang gekannt und geliebt. Ich machte eine Erkundungsreise seines Körpers, küsste seine Stirn, seine Augen, arbeitete mich über seinen ganzen Körper, jeder Teil bekam meine ganze Liebe und Zärtlichkeit zu spüren. Nun konnte ich auch endlich seinen Schwanz in den Mund nehmen, zärtlich küssen und ich merkte, dass er das sehr gerne hatte. Mein Instinkt hatte mich nicht getrogen! Das Erstaunliche für mich war, dass alles so vertraut, so selbstverständlich, war. Ich leckte seine Haut, die so herrlich schmeckte; würzig, leicht salzig, wie für mich geschaffen. Auch meine Nase war vollauf glücklich. Der Duft, der von seinem Körper ausströmte war einfach überwältigend! Ich konnte nur sagen: *Mein Liebling, ich habe dich zum Fressen gerne!* (Wie gut, dass ich keine Spinne war, sonst wäre er von der Bildfläche verschwunden und wirklich in meinem Magen gelandet!) Auch mein Schatz nahm mich genau in Augenschein. Ihn faszinierte bei einer Frau besonders der Po. Und ich war schon sehr stolz, als er mir versicherte, mein Po wäre der süßeste, den er je bei einer Frau gesehen hätte. Wenn man berücksichtigte, dass man mit den Augen der Liebe alles etwas rosiger sieht, so war ich doch glücklich, dass der Büffel mit seiner Ratte vollauf zufrieden war. Auch er verwöhnte mich mit viel Liebe, Zärtlichkeit und Leidenschaft. Bei ihm lernte ich erst, wie viele Variationen Sex zu bieten hat. Wenn im Alter die Potenz nicht mehr die übergeordnete Rolle spielt, so gibt es unzählige

Varianten, die dem Liebesspiel zu glückseligen Höhepunkten verhelfen. Zwischen Küssen, Liebe und Leidenschaft hatten wir uns so vieles zu erzählen.

Oh lieber Gott, betete ich in meinem Herzen, *halte die Zeit an, lass diese kostbaren Stunden nur ganz langsam, tropfenweise vergehen!*

Aber sie ließ sich leider nicht festbinden!

Viel zu schnell war es Mittag, der Zeitpunkt, an dem wir uns trennen mussten. Wir lösten uns, saugten uns aber im nächsten Augenblick mit unseren Kraken-Armen wieder fest. Ich hatte tausend Fangarme, mit denen ich mich an ihm festklammerte und doch wieder loslassen musste! Noch ein letztes starkes und langes aneinander Pressen, ein nicht enden wollender Abschiedskuss, dann ließen wir uns endgültig frei und schworen: „Für immer, bis in alle Ewigkeit, bleiben wir zusammen. Nichts kann uns mehr trennen."

Und mein Büffel fügte noch hinzu: „Du bist die Frau, nach der ich mein ganzes Leben gesucht habe. Ich lasse dich nie mehr fort, du gehörst mir, mir ganz alleine!"

„Auch ich habe in dir meine ganz große Liebe gefunden. Nie werde ich dich verlassen. Wenn wir uns nun trennen, bleiben mein Herz und meine Seele bei dir zurück. Hier haben sie einen ruhigen Hafen gefunden, hier sind sie glücklich, doch die Sehnsucht nehmen wir mit uns mit, sie wird uns überallhin begleiten", flüsterte ich ihm ins Ohr.

Ich war „seine Frau" und er „mein Mann". Wir wollten uns bald wiedersehen, in einer Kirche, den lieben Gott um seinen Segen bitten. Aber wir würden immer nur ein *Traum-Ehepaar* sein. Anders war es nicht möglich und ich willigte ein. Was für seelische Qualen ich mir damit für mein weiteres Leben auflud, war mir in diesem Augenblick keineswegs bewusst, aber auch völlig gleichgültig!

Mein Büffel trottete heimwärts und ließ seine Ratte im völligen Seelen-Chaos zurück.

Ich hatte es nicht fertig gebracht, ihn bis zur Straße zu begleiten. Es hatte mich sehr viel Mühe gekostet, tapfer zu sein und Fassung zu bewahren, doch nun konnte ich die Tränen nicht mehr zurück halten. Die sollte mein geliebter Schatz nie sehen müssen. Er sollte mich nicht als *Heulsuse* in Erinnerung behalten. Was hatte ich ihm schon am Anfang unseres Abenteuers gelobt?

„Ich verspreche dir eine herrliche, romantische Liebeskomödie, von Anfang bis Ende, nie ein Drama oder eine Tragödie!"

Alleine im Zimmer bleiben, das hielt ich einfach nicht aus. Mein Büffel war wieder in seinen Alltag zurückgekehrt. Auch er war aufgewühlt, doch er war wenigstens nicht alleine.

Er hatte seine Frau und eine sehr große Familie, seine Freunde und Bekannten, daneben auch noch seine Arbeit. Er kehrte in seine gewohnte, geliebte Häuslichkeit zurück. Für ihn war alles viel leichter zu verarbeiten.

Aber später beichtete er mir: „Ich konnte nicht sofort nach Hause zurückkehren. Ich verließ frühzeitig das Taxi und lief durch die Straßen, um innerlich wieder zur Ruhe zu kommen! Ich war total aufgewühlt!"

Ich wanderte ebenfalls durch die Stadt. Mich zog es unter Menschen, ich wollte Schaufenster betrachten, um mich abzulenken.

Alle Pärchen, die mir entgegen kamen, vertraut Hand in Hand, weckten in mir ein Gefühl von Verlassenheit und Einsamkeit. Nur zu sehr war mir bewusst: *Diese sorglose Vertrautheit, das zur Schaustellen der Gemeinsamkeiten, der Gefühle, würde für mich immer tabu sein. Nie könnte ich mit meinem Andy Hand in Hand durch die Straßen schlendern, ihn fühlen lassen, wie sehr ich ihn liebte. Einfach mitten auf der Straße stehen bleiben, seinen Kopf in meine Hände nehmen, ihn zu mir hinziehen und seinen Mund lange, lange küssen!*

Mein Paradiesvogel war nur ein paar Straßen von mir entfernt und doch so unerreichbar, als würden wir auf zwei verschiedenen Planeten leben, obwohl derselbe Himmel sich über uns wölbte, derselbe Mond und dieselben Sterne   nachts auf uns herab sahen. Wie einsam man sich doch inmitten eines Menschengewimmels fühlen kann.

An einer Ecke hatte sich ein Musikant niedergelassen. Ich blieb stehen und lauschte den Klängen. Sie entsprachen ganz meiner momentanen Seelenstimmung. Diese CD wollte ich mir zu Hause kaufen, als Erinnerung an meinen Hochzeitstag. Ich ging zu ihm und fragte ihn nach dem Titel des Musikstückes, es hieß:

„Always & Forever".

Mein Magen begann rebellisch zu knurren, wie unromantisch, er erinnerte mich daran, dass er zum Frühstück zuletzt versorgt worden war, nun begann es schon, dunkel zu werden. Ich bestellte mir bei McDonalds einen Hamburger und einen Vanille-Milkshake. Bei der draußen herrschenden Kälte nicht gerade zu empfehlen, aber ich hatte Appetit darauf, vielleicht kühlte es das innere, leidenschaftliche Feuer ein wenig ab. Ich ließ mir alles einpacken und wanderte wieder zu meinem Hotel zurück.

Das Zimmer war so kalt und trist ohne meinen Büffel, leer und leblos!

Ich stillte meinen Hunger, wartete, bis mein Schatz mich anrief, um mir mit vielen Küssen eine gute Nacht zu wünschen und ging früh zu Bett. Mir war nicht danach zumute, mich von irgendeinem Unsinn im Fernsehen berieseln zu lassen. Ich wollte mich in unsere Traumwelt absetzen und die traurige Wirklichkeit vergessen. Noch einmal ließ ich den Tag an mir vorüberziehen, spürte die liebevollen und zärtlichen Küsse auf meiner Haut, fühlte nochmals, wie er mich leidenschaftlich an sich drückte und hörte seine Stimme, die mir zuflüsterte: „Ich liebe dich über alles, für immer und ewig. Ich werde stets bei dir sein, auch wenn wir äußerlich voneinander getrennt sind. Du bist in meinem Herzen. Nie werde ich dich verlassen!"

Die Kissen rochen noch nach dem Duft seiner Haut. Ich sog den Geruch in mir auf, meine Seele löste sich von meinem Körper und eilte in die Arme des Geliebten.

Im Traum führte ich unser Liebes-Abenteuer weiter und war unendlich glücklich.

Am nächsten Tag verließ ich das Hotel und fuhr zu meiner Familie, wo wir den Geburtstag meiner Mutter feierten. Ich war froh, dass ich nicht alleine sein musste, sondern mich im Trubel ablenken konnte. Ich sah sie nur selten, höchstens einmal im Jahr und so gab es mehr als genug zu erzählen.

Von dem, was mich am meisten bewegte, erfuhr jedoch niemand etwas. Es war mein Geheimnis! Eine Woche machte ich Urlaub und fuhr dann nach Hause, um mein gewohntes, altes Leben wieder aufzunehmen.

Natürlich war ich froh, wieder daheim zu sein, doch mit diesem einen Tag hatte sich mein Leben total verändert. Ich war nicht mehr frei, hatte mich für den Rest meines Lebens gebunden. Mein Wesen hatte sich verändert, das fiel meiner Familie sofort auf. Ich war fröhlich, strahlte eine immense Energie und Optimismus aus und man sah es mir an der „Nasenspitze" an, dass ich sehr glücklich war, eben unendlich verliebt!

Nur mein Sohn runzelte ein wenig die Stirn. Sein Kommentar war: „Mutter du benimmst dich, wie ein pubertierender Teenager!"
Er hatte diese Zeit des Verliebt-Seins gerade mit seiner Tochter mitgemacht. Er wusste, wovon er sprach! Aber meine Tochter und meine Enkelkinder gönnten mir mein Glück mit einem nachsichtigen Lächeln.

In der Realität, im täglichen Leben hatte sich leider nichts verändert. Es war niemand da, an dessen Schulter ich meinen Kopf lehnen konnte, in dessen Armen ich Trost und Schutz suchen konnte, wann immer ich das Bedürfnis danach hatte. Niemand fing mich auf, wenn ich aus meinen Fantasieträumen wieder in der Wirklichkeit ankam und der harte Aufprall viele Beulen und blaue Flecken auf meiner empfindsamen Seele hinterließ. Wie lange würde das gut gehen? Eine Liebe in den Wolken, in der Märchenwelt … War das für ein menschliches Wesen auf Dauer überhaupt möglich?

So oft er konnte, rief mich mein Büffel an. Ich wartete voller Ungeduld auf dieses Handy-Klingeln.

Wenn er mich morgens mit einem Kuss begrüßte, er mich mit seiner Stimme verzauberte, dann durchrieselte mich das beglückende Gefühl, nicht alleine zu sein. Ich hatte jemanden in meinem Leben, der mich leidenschaftlich liebte, den ich meinerseits mit all meiner Zärtlichkeit, Hingabe, Lust, Sehnsucht und Liebe überschütten konnte. Manchmal dachte ich mir schon:

Wären wir immer beisammen, nicht nur in unserem zeitlosen Paradies der Träume, sondern auch in der Realität, würde das wohl gutgehen? Würde ich ihn mit meiner Maßlosigkeit der nicht zu bremsenden Gefühle nicht eher vollkommen überfordern, ihm die Luft zum Atmen nehmen und ihn durch Liebe und Zärtlichkeit ersticken?

Das waren Überlegungen, viel mehr vom Verstand, als vom Herzen geprägt. Ich war nur ein Mensch; eine Frau, die leidenschaftlich liebte. Solch ein Wesen hat nun einmal den ganz natürlichen Wunsch, den Mann seiner Träume, seiner Liebe, seines Begehrens und seiner Zärtlichkeit vollkommen zu vereinnahmen, ihn im Herzen und in der Seele aufzufressen. Sie will ihn voll und ganz besitzen, sein Lebensinhalt, sein Mittelpunkt sein, ihn mit niemandem teilen, Tag und Nacht seine Nähe fühlen, also eine ganz normale Beziehung führen. Doch was blieb mir? Ich durfte ihn mir für ein paar Stunden „ausleihen" und ihn dann bitte wieder unbeschädigt zurückgeben. Ich tat mich sehr schwer mit der Realität. Welche Verbindung hält auf Dauer, wenn man sich nach dem Eheversprechen schon wieder trennt, jeder seine Flitterwochen, die aufregendste Zeit im Leben einer Frau, alleine verbringt, ein Wiedersehen gleichsam in den Sternen steht? Abhängig von so trivialen Faktoren wie Zeit und Gelegenheit! War das Schicksal uns nun positiv oder negativ gesonnen?

Kapitel V

ie Zeit der Kreativität war vorläufig lahm gelegt. Er spukte in meinem Kopf herum, sein Bild war in meinem Herzen, in meiner Seele. Ich verspürte eine nicht zu bändigende Sehnsucht nach seiner Nähe und seiner Stimme. Wenn ich die Augen schloss, dann fühlte ich ein glitzerndes Flimmern, wie von einem Regen feinen Goldstaub, der mich umfing und mir ein Gefühl des Wohlbehagens vermittelte, mich in Wärme und Geborgenheit einhüllte. Ich hätte wie eine zufriedene Katze schnurren können.

Ohne es zu wollen, formten sich meine Gedanken zu einem Gedicht, dem ersten Gedicht, dass ich für meinen Büffel verfasste und es folgten im Laufe der Zeit so viele andere, ein Ventil, meiner Sehnsucht und dem Verlangen nach dem geliebten Menschen freien Lauf zu lassen, damit ich in meinem Inneren nicht zerbarst.

Was Du für mich bist …

Du bist der Stern an meinem Firmament,

so nah und doch so fern.

Du bist der Mond, der in dunkler Nacht,

so manche Stunde um den Schlaf mich gebracht.

Du bist die Sonne, die mit ihrer Kraft,

die Schaffenslust in mir entfacht.

Du bist das Herz,

das mich erwärmt, das für mich schlägt,

in Lust und Schmerz.

Du bist der Mann,

der mich die Zauberwelt der Liebe

erleben lässt,

Höhen und Tiefen der Gefühle.

Was Du für mich bist ...

Die ganz große Liebe,

die aus der Vergangenheit in die Unendlichkeit driftend,

bei uns verweilt, Glückseligkeit stiftend.

Als würde ich ihn mit meinen Magnetstrahlen anziehen, rief er mich gerade dann an, er spürte einfach, dass ich ihn brauchte, nach ihm verlangte! Wir hatten uns so viel zu erzählen und konnten uns nur sehr schwer voneinander trennen.

Den Abschluss des Tages bildete ein kurzes „Piepsen" vom Handy, ein zärtlicher „Gute Nacht Kuss".

Das war nun mein Tagesablauf. Hätte ich einen Hilferuf an meinen Verstand geschickt, ihn aufgefordert, seine Insel zu verlassen und mir zu helfen, das Chaos in meinem Innenleben zu beheben, ich weiß genau, was er mir dann geantwortet hätte:

„Habe ich dir nicht gleich gesagt, dass man dich nicht alleine lassen kann? Wie konntest du auch nur so dumm (um nicht zu sagen blöd) sein, dich an einen verheirateten Mann zu binden! Du weißt doch ganz genau: Es bringt nur Kummer und Traurigkeit!"

„Und was, wenn er meine große, ewige Liebe ist? Kann ich etwas dafür, dass er für mich geschaffen, ein Teil meiner Selbst ist? Gib dem Schicksal die Schuld, nicht mir. Ich werde schon einen Weg finden!"

Und ich fand einen, wenn auch nur vorläufig, für die Zukunft würde es nicht ausreichen.

Mein Leben verlief in drei Bahnen:

Die Realität, langweilig, ohne ein männliches Wesen an meiner Seite, mit dem ich fröhlich und glücklich leben konnte, dazu meine Welt der Fantasie, in der ich meinem Mann sehr nahe war, mit ihm sprach, seine Gedanken fühlte und mich zwischendurch von ihm verzaubern ließ und dann noch meine Traumwelt, wenn ich mich abends von meinem Körper löste, in seine Arme eilte und in meinen Träumen mit ihm die wunderbarsten Liebesgeschichten erlebte. Manchmal hatte ich auch Albträume, dann wurde ich mit seiner Familie konfrontiert, die mich jagte, von ihm fernhielt und uns nicht zusammenkommen ließ.

Wenn ich aus einem solchen Traum erwachte, wusste ich: *Das war ein Wink des Schicksals. Wären wir immer beieinander, hätten wir nichts als Verwicklungen und Ärger. Das würde unsere Liebe auffressen. Um wie vieles schöner ist dagegen unsere sorglose Fantasie-Welt, zu der nur wir beide Zutritt haben und ungestört sind. Niemand findet den Weg dorthin, wir können uns, wann immer und so oft wir es verlangen, leidenschaftlich lieben und verwöhnen.*

Eigentlich war es im Augenblick, nichts anderes als Selbsttäuschung, ich war noch lange nicht so weit, diesen Weg im Irrationalen zu akzeptieren und bewusst zu gehen, ohne auf die Wirklichkeit zu schielen, die mir verschlossen blieb!

Manchmal, wenn ich mich so richtig einsam und verlassen fühlte, stiegen schon seltsame Gedanken aus meiner Seele hoch: *Warum sind Männer polygam und Frauen dürfen es nicht sein? Mein Schatz hat doch auch seine Frau in seiner realen Welt. Er liebt sie, wenn auch auf eine andere Art, als mich. Keine Leidenschaft, sondern eine traute, freundschaftliche, tiefe Verbundenheit. Wir sind keine Rivalinnen, kommen uns beide nicht ins Gehege, keine nimmt der anderen etwas weg. Eine Dreier Beziehung, mit einem anderen Mann im Bunde wäre doch die ideale Lösung! Ich hätte dann meinen Büffel für mein Leben in den Wolken und einen Menschen, der mich fest in seine Arme nehmen kann und immer für mich da ist, mir hilft, den Alltag zu meistern.*

Ich hatte zu Beginn meines Lebens immer meinen Verstand an erster Stelle walten lassen. Das Herz war eigentlich nur eine kostbare Zugabe. Es hatte mich im Laufe von fast fünfzig Ehejahren mit gemischten Gefühlen leben lassen. In mir schlummerte eine Ahnung, dass noch so viele Kostbarkeiten das Leben aufregend machen könnten und dass ich die wirklich große Liebe, nach der die Menschen oft vergeblich suchten, bei Weitem noch nicht gefunden hatte.

Als ich dann mein Leben vollkommen umkrempelte, hatte ich den Verstand ausgeschaltet und nur mein Herz und meine Seele walten lassen. Die große Liebe hatte ich gefunden, doch war das für einen Menschen wirklich erstrebenswert? Sie bringt auf Dauer nicht den inneren Frieden, wenn das Schicksal ihr so viele Stolpersteine in den Weg legt. Der Mensch ist nicht dafür geschaffen. Wenn er nach den Sternen greift, hat er einen sehr schweren Weg vor sich, muss achtgeben, dass er sich nicht wie Ikarus an der Sonne die Flügel verbrennt und ins Nichts stürzt. Wäre es nicht viel besser gewesen, sich eine kleine Liebe zu suchen in der Realität sein Glück zu suchen, sich mit Wenigem zufrieden zu geben?

Es war, als wollte das Schicksal ein Experiment mit uns ausüben um zu schauen, zu was Menschen fähig sind!

Ich musste noch lernen, mich vom „Menschsein" zu lösen und in der Welt der Illusionen und Fantasien heimisch zu werden.

Vielleicht sollte ich mal die dritte Variante ausprobieren: Auf die Suche nach einem Menschen gehen, mit Bauchgefühl und Verstand, beide gleichberechtigt zusammenarbeitend, gleichsam auf Augenhöhe?

Ich konnte mir jedoch nicht vorstellen, mit einem anderen Mann zusammenzuleben. Auf welcher Basis? In den Armen des einen zu liegen, mich aber im Herzen nach meinem Büffel verzehren, dauernd Vergleiche anstellen, bei denen der andere stets den Kürzeren zog? Mein Andy hatte die Messlatte der Gefühle so hoch angelegt, dass niemand ihm auch nur im Geringsten gleichkommen könnte. Mein Paradiesvogel war für mich der Inbegriff alles Männlichen. Für einen anderen würde ich auch niemals meine Freiheit aufgeben.

Wer lässt sich schon mit einer Frau ein, die weder ein freies Herz noch Seele besitzt, die ihre ganze Liebe schon vergeben hat? Meine Schwäche, oder vielleicht auch meine Stärke war, dass ich nur einen Mann so lieben konnte, diese Liebe konnte ich nicht teilen! Doch was ich noch zu bieten hatte, war sehr viel Zuwendung, Zärtlichkeit und Hingabe!

Ein Anruf meines Paradiesvogels verjagte diese Gedanken aber sehr schnell.

Es wäre mir unmöglich, meinen Traummann zu betrügen, und solch eine Handlungsweise würde nie seine Zustimmung finden.

Vielleicht war es doch besser, ich stürzte mich wieder in die Arbeit, damit ich auf andere Gedanken kam!

Ich hatte meinem Andy versprochen: *Wenn unsere Sehnsucht zueinander zu groß wird, unsere Körper nach dem Anderen verlangen, dann genügt der Ruf meines Büffels, die Ratte nimmt den nächsten Zug und saust ihm entgegen. Doch überlege gut, mein Märchenprinz, ob du auch Zeit für mich hast. Für einen Tag, dann auch nur ein paar Stunden, da steht die Strapaze zum Abenteuer in keinem Verhältnis!*

Drei Monate vergingen, bis mich die Klagerufe meines Büffels erreichten. Die Ratte packte ihren Koffer und fuhr wieder zu ihrem Schatz.

Ich hatte dasselbe Zimmer gebucht, in dem wir uns schon wie zu Hause fühlten.

Schmerzlich wurde mir bewusst: *Die Wirklichkeit ist wunderbar und mit der Fantasie nicht zu vergleichen. Dieses Gefühl, in den Armen des Mannes zu liegen, den man leidenschaftlich liebt, ihn zu schmecken, zu fühlen, zu küssen und zu lieben, bleibt einfach überwältigend!*

In diesem Stadium unserer Beziehung brauchten wir diese lebendigen, kostbaren Stunden des Glücks und der völligen Hingabe noch. Die Natur forderte einfach ihre Rechte, wir mussten Kraft tanken für die so lange Zeit bis zum nächsten Mal.

Wie viele Gedanken tauschten wir aus, tauchten in das Labyrinth unserer Seelen ein, Hand in Hand, damit wir uns nicht darin verirrten und den Weg ins Dasein wiederfanden. Die geheimsten Gefühle, die wir noch nie einem anderen Menschen offenbart hatten, konnten wir einander erzählen, ohne Vorbehalte, ohne Hemmungen und ohne Scheu.

Auf dem sexuellen Gebiet lagen wir genau auf derselben Ebene, schenkten einander, ohne zu zögern alles, was wir an Gefühlen, Liebe, und Zärtlichkeit hatten. Wir erzählten uns aufregende, erotische Dinge, die unsere Leidenschaft anheizten, unsere Seelen in den Himmel schleuderten und ein unendliches Gefühl der Wonne vermittelten, prickelnd und so verlockend!

Beide hatten wir eine natürliche, unkomplizierte Freude am Sex, konnten ihn genießen, auskosten, uns glücklich und gelöst fühlen und vor allem darüber reden! Gerade dieses gemeinsame Empfinden war ein sehr starkes Band zwischen uns. Beide hatten wir ein ganzes Leben vergeblich danach gesucht und dankten dem Schicksal, dass wir es endlich gefunden hatten, es war noch nicht zu spät.

Wir wussten beide, nur wenn wir erneut losließen, zwischendurch wieder in unsere Zauberwelt eintauchten, meilenweit entfernt von Zeit und Raum, wenn wir uns praktisch in der Zeitlosigkeit der Unendlichkeit bewegten, würden wir unsere

Liebe für ewig immer frisch und unbeschädigt von Verschleißerscheinungen erhalten können.

Das Schicksal hatte zwei Menschen zusammengefügt, die beide die Fähigkeit einer ausschweifenden Fantasie besaßen.

Ein Mann besitzt selten die Gabe, sich von der Wirklichkeit zu trennen und in das Reich der Träume überzuwechseln. Gerade mein Andy, sonst so wirklichkeitsnah, schaffte es, in seinen Gedanken so dicht bei mir zu sein, mich zu sich zu ziehen und mich mit seinen magnetischen Strahlungen zu verzaubern und zu beglücken. Meine Gedanken liefen auf denselben Bahnen wie die seinen. Wenn er an mich dachte, dann ging ein Impuls von Elektrizität durch meinen gesamten Körper, ein Gefühl des Verlangens nach seiner Nähe durchdrang mich und versetzte alles in mir in Aufruhr und Unruhe, meine Ohren klingelten Sturm; Alarmstufe rot!

Nach diesem zweiten Abenteuer, als wir uns trennten und jeder in seine Wirklichkeit zurückkehrte, wurde uns klar, wie stark wir uns schon ineinander verstrickt hatten. Es gab kein Zurück mehr für uns.

Wir wollten unseren Liebespfad immer weiter ausbauen, mit vielen Meilensteinen unserer gewonnenen Erfahrungen pflastern, bis wir irgendwann einmal sagen konnten:

„Jetzt haben wir den Gipfel unserer Liebe erreicht. Größer, inniger und zärtlicher kann sie nicht mehr werden."

„Immer wieder werden wir uns Dinge erzählen, die die Wogen der Leidenschaft und der Gefühle hochschlagen lassen, die uns fesseln, faszinieren, verzaubern und dann werden wir feststellen, hinter dem Horizont warten noch so viele Überraschungen, die nie enden werden, auf uns", war die Antwort meines Paradiesvogels, und er hat und wird immer recht behalten.

Dieses Jahr war das Schönste und gleichzeitige Furchtbarste in unserer Liebesromanze. Noch drei Mal trafen wir uns. Jedes Mal bedeutete wieder einen entscheidenden, wichtigen Liebespfeiler auf unserem Weg. Jeder Trennung folgte der Schmerz des Loslassens und erforderte zu Hause wieder intensives Aufarbeiten der Gefühle.

Am meisten aber litt ich unter dem Abschieds-Schmerz, wenn wir uns nach dem letzten Kuss voneinander trennten und er in einem Taxi meinen Augen entschwand. Wenn er in seine Welt zurückkehrte und mich zurückließ. Es nutzte nichts, dass er mir beteuerte: *Ich verlasse dich nie, ich bin immer bei dir!*

Am nächsten Tag fuhr ich wieder heim, sieben lange Stunden Bahnfahrt, sieben lange Stunden Tränen und Sehnsucht im Herzen! Und zu Hause …

Wir brauchten Tage, um das Erlebte zu verarbeiten, im Herzen einordnen und bewahren zu können.

Zwischen unseren Treffen lagen die nie enden wollenden Monate der Trennung. Mein Büffel nahm sich sehr viel Zeit für seine Ratte.

Es folgten lange Gespräche, in denen wir einander unsere Gedanken und unsere Gefühle zu Füßen legten. Wir erzählten uns unsere Träume, festigten die inneren Bande, unsere Seelen schmolzen zusammen zu *einem Ganzen,* da war kein *Ich* oder *Du*, sondern nur ein gemeinsames *Wir*!

Als das Jahr zu Ende ging, konnten wir sagen, wir hatten unsere Liebe so gefestigt und untermauert, dass sie unbesorgt allen Stürmen des Lebens trotzen konnte und selbst das stärkste Erdbeben ihr keinen Schaden zufügen und nicht den kleinsten Riss erzeugen konnte!

Andy hatte mir erzählt, dass er vor vielen Jahren einmal eine Wahrsagerin besucht hatte. Sie übte ihren Beruf auf hohem Niveau aus, hatte verschiedene Preise erhalten und die Spitzen der Gesellschaft, der Wirtschaft und der Politik, nahmen ihre Hilfe in Anspruch.

Die Frau mochte ja ganz gut sein, aber ob sich Wirtschafts-Asse oder Politiker in ihren Entscheidungen durch den Rat einer Wahrsagerin beeinflussen lassen würden, bezweifelte ich doch. Bei persönlichen Problemen mag sie ihnen aber vielleicht schon weitergeholfen oder Wege zur Bewältigung gezeigt haben.

Durch Erzählungen von Freunden und Bekannten war mein Andy natürlich auch neugierig geworden. Warum nicht auch einmal in solch eine Sphäre eintauchen? Schaden konnte es nichts, also fuhr er ein paar Mal zu ihr hin, um sich beraten zu lassen ... den mysteriösen Vorhang der Zukunft ein wenig zu lüften!

Sie erzählte ihm vieles, was den Tatsachen in keiner Weise entsprach, doch eines blieb in seinem Gedächtnis hängen. Sie prophezeite ihm: „Die ganz große Liebe steht vor Ihrer Tür!"

Nun, er hatte einige Jahre darauf warten müssen, doch letztendlich hatte sich diese Wahrsagung erfüllt. Der Büffel hatte die Ratte vor seiner Tür entdeckt, sie in sein Herz hineingelassen und damit die ganz große Liebe und das ganz große Glück gefunden.

Ich forschte im Internet. Diese Frau gab es tatsächlich und sie praktizierte noch immer.

Ich war neugierig und auch ein wenig mystisch angehaucht. Nicht dass ich alles glaubte, jedoch machte ich mir meine Gedanken darüber: *Was würde ich für mich selber verwerten können? Würde ich vielleicht einen neuen Weg finden, der das Chaos in meinem Herzen ordnete und in ruhige Bahnen lenken konnte?*

Also nahm ich Kontakt zu ihr auf und ließ mit den Daten meines Büffels, natürlich unter einem Pseudonym, und den meinen die Harmonie zwischen uns beiden prüfen; ein Persönlichkeit-Bild erstellen.

Das Resultat: Wir passten perfekt zusammen. In den Dingen, in denen wir nicht übereinstimmten, ergänzten wir uns!

Ich lernte mich selber kennen. Das Bild, das sich mein Büffel von mir gemacht hatte, entsprach absolut meinem Wesen. Erstaunlich, wie gut er mich beurteilen konnte. Hier wurde es mir noch einmal bestätigt!

Ich hatte nicht gewusst, dass ich durch meine Art, auf Männer eine so große erotische Ausstrahlung ausübte. Jetzt war ich in festen Händen und kein männliches Wesen konnte mir noch gefährlich werden. Doch nicht auszudenken, was aus mir geworden wäre, wenn ich das früher gewusst hätte, bei meiner überschäumenden Abenteuerlust.

Vielleicht hätte ich als Callgirl, einsame, liebeshungrige Männerherzen getröstet und sie wieder aufgebaut? Welch ungeahnte Möglichkeit, auf leichte Weise mein Geld zu verdienen, doch auf meinen Andy hätte ich bei einem solchen Lebenswandel verzichten müssen. Solch ein Frauen-Typ hätte ihn wohl verführen, nicht aber halten können, von Liebe ganz zu schweigen!

Vielleicht, wenn meine Finanzen einmal besser gestellt sind, werde ich sie aufsuchen und einen Blick hinter die Kulissen des Schicksals werfen. Schaden würde es mir nicht, denn ich besitze trotz allem einen gesunden Menschenverstand, der die Dinge hinterfragt und noch lange nicht alles schluckt! Verlockend wäre diese Aussicht immerhin.

Eines hat sie mir allerdings bescheinigt: Ich besitze die Fähigkeit, mich von der Wirklichkeit zu lösen und mein Leben auf anderen Ebenen, dem Reich der Fantasie; der Zauberwelt der Gefühle zu leben. Dies hatte ich jedoch schon selbst erkannt, um es aber ohne Schwierigkeiten praktizieren zu können, dazu war ein sehr langer Weg nötig. Ich musste mich erst von dem alten, eingeprägten Denkmuster lösen, mich von mir und meinen alltäglichen Wunschvorstellungen trennen, wichtigere Werte in den Vordergrund stellen. Dabei hatte ich jedoch immer die Hilfe meines Büffels nötig. Alleine würde mir das nicht gelingen, und ich brauchte Zeit, sehr viel Zeit!

Kapitel VI

s war nun 2013 und unser drittes Jahr hatte begonnen. Unseren ersten Hochzeitstag durften wir zusammen feiern, fest im Arm des anderen verankert, genossen wir die greifbare Nähe des Menschen, der uns alles bedeutete, konnten unserer Liebe und Leidenschaft freien Lauf lassen. Bis zum Sommer sahen wir uns fast jeden Monat einmal, die Sehnsucht trieb uns zueinander, wir waren immer noch in den Flitterwochen.

Nur der ausgiebige Gedankenaustausch der Gefühle kam viel zu kurz. Mein Büffel hatte keine Zeit mehr für die Sorgen und Kümmernisse seiner Ratte. Das wirkte sich natürlich äußerst negativ auf mein Seelenleben aus. Ich fühlte mich vernachlässigt! Ich spürte zwar seine Gedankenströme intensiv, wusste ja, dass er immer an mich dachte und mich über alles liebte, aber der Ratte war das einfach nicht genug, sie liebte diese tief gehenden Gespräche und vermisste sie so sehr. Ich hatte die Gebrauchsanweisung dieser Liebe noch immer nicht begriffen.

So herrschte bei unseren Unterhaltungen nicht immer völlige Harmonie. Ich war traurig und rebellierte – Diplomatie, war weit zu suchen!

Mein Büffel war extrem empfindsam, zartbesaitet, eben ein echter „Krebs", der sich in seinen Panzer zurückzog und ein Schild vor die Tür hängte: „Bin für niemanden zu sprechen, lasst mich in Ruhe!" Er konnte manchmal nicht begreifen, dass seine Ratte sich beklagte, wenn sie wieder einmal in ein bodenloses schwarzes Loch gefallen war und um Hilfe piepste. Er hörte Vorwürfe heraus, war sauer und ließ es sich auch anmerken.

„Was willst du denn noch? Ich telefoniere stundenlang mit dir (die Wahrheit war, eher minutenlang), versuche alles richtig zu machen, ich kann in meinem Leben nichts verändern, das war von Anfang an ausgemacht. Du hast es akzeptiert! Sind wir nicht sehr glücklich miteinander?"

Ich wollte ja nicht unzufrieden sein. Nie würde ich dem Mann, der für mich alles auf der Welt bedeutete, Vorwürfe machen ... mein Büffel hatte mich völlig verkehrt verstanden. Es änderte aber nichts an der Tatsache, dass ich gegen das Schicksal rebellierte, verzweifelt und traurig war. Spürte er es denn nicht?

In Zukunft werde ich meine Gedanken für mich behalten. Sie jedenfalls nicht per Handy weitergeben, wo man sich so hilflos und unverstanden fühlt, schwor ich mir.

Ich beendete das Gespräch abrupt, weil ich meine Tränen nicht mehr zurückhalten konnte und meine Stimme beachtlich zu zittern begann. Diese Ohnmacht, den geliebten Mann nicht in die Arme nehmen zu können, alle Unstimmigkeiten fort zu küssen, zerriss mich innerlich in tausend Stücke. Mein Herz kam mir wie ein Trümmerfeld vor, seelische Qualen packten mich und hielten mich fest im Griff! Unser Traumpalast schien gefährlich zu wanken und ich musste tatenlos zusehen! Die Initiative des Telefonierens lag immer bei meinem Andy, so war es ausgemacht und ich hielt mich daran.

Tauchten solche Missverständnisse auf, hatten wir verabredet: „In den Arm nehmen, fest drücken, viele, viele Küsse und alles ist wieder gut! Nur nicht mit trüben Gedanken die Nacht verbringen!"

Wie jedoch setzt man *das* in der Praxis um? Den Weg hatte ich noch nicht gefunden.

Mein Büffel spürte meine Tränen und die Traurigkeit, rief zurück und rettete so meinen Seelen-Frieden. „Entschuldige, mein Schatz, ich wollte dich nicht betrüben. Ich halte dich ganz fest in meinen Armen, drücke dich und gebe dir einen dicken Kuss! Ist dann alles in Ordnung, bist du wieder glücklich?"

Meine Tränen trockneten und der Schmerz in meinem Herzen war wie fortgeblasen.

Ich lernte daraus und diese Zwischenfälle, diese unglücklichen Verwicklungen, kamen im Laufe der nächsten Zeit nur noch sehr selten vor, sie verschwanden irgendwann durch die Intensität unserer Gefühle ganz.

Mein Büffel war etwas nachsichtiger mit seiner Ratte und ich wurde diplomatischer, überlegte vorher, was ich sagte. Wir hatten uns zwar geschworen, unsere Gedanken immer offen voreinander auszubreiten, das konnten wir auch tun, wenn wir beieinander waren, aber so, bei der Entfernung, brauchte ich es damit nicht so genau zu nehmen. Manchmal sind die Worte, die man für sich behält klüger, als jene, die man ausspricht.

Mit Erstaunen stellte ich fest, dass ich, wenn man mein Alter berücksichtigte, doch noch sehr lernfähig war!

Mein Büffel hatte mir die Geburtsdaten seiner beiden Söhne gegeben, denn ich wollte feststellen, zu welchen chinesischen Tierkreiszeichen sie gehörten. Vielleicht half es ihm, seine Kinder manchmal etwas besser zu verstehen. Als mein Andy mir dann aber die Daten einer früheren Geliebten gab und auch noch wissen wollte, ob er mit ihr hätte glücklich werden können (er stand noch immer mit ihr in Verbindung, wenn auch nur per Telefon), er war damals unsterblich in sie verliebt gewesen, da rastete ich zum ersten Mal wirklich aus! Ich war total schockiert!

Von der jetzigen Geliebten wissen zu wollen, ob er mit der früheren Geliebten glücklich geworden wäre? Wie tickten Männer eigentlich manchmal? So etwas konnten auch nur sie fertigbringen.

Trotz allem forschte ich nach und zu meiner inneren Genugtuung wäre es ein absolutes Fiasko geworden. Sie passten in keiner Weise zusammen.

Als ich ihm dann bei unserem folgenden Treffen erzählte, wie sehr er mich damit verletzt hatte, konnte er es, typisch Mann, natürlich gar nicht nachvollziehen. Sie hätten ja eh nicht zusammen glücklich werden können. Damit war die Sache für ihn erledigt.

„Und wenn das Ergebnis anders gelautet hätte, ihr das ideale Liebespaar abgegeben hättet?" Ein Kuss folgte, aber keine Antwort!

Es hatte uns beiden jedoch gezeigt, dass man solche heiklen Themen besser beredet, wenn man sich in den Armen halten kann, die Reaktion des anderen spürt und Unklarheiten sofort aus dem Weg räumen kann.

Daraufhin erzählte er mir sein ganzes aufregendes, abenteuerliches Leben. Eng in seine Arme gekuschelt, lauschte ich ihm voller Spannung. Es trug viel zum Verständnis seines Charakters und der verflossenen Lebensweise bei. Doch es war Vergangenheit, von der nur noch süße Erinnerungen geblieben waren. Großzügig gönnte ich sie ihm.

„Sei froh, dass du dein Leben gelebt hast, alles mitgenommen hast, was sich dir auf deinem Weg geboten hat. Du brauchst dir heute nicht mit Bedauern vorzuwerfen, irgendetwas versäumt zu haben und es hat dich zu diesem Prachtmenschen gemacht, der du heute bist, der im Herzen nur mir gehört. Wenn man glaubt, Fehler gemacht zu haben, so gehören sie ganz einfach zum

Reifeprozess dazu. Man muss zu ihnen stehen und in der Seele verarbeiten. Nur nichts verdrängen!"

Durch diese Gespräche versuchte ich mit viel Takt- und Feingefühl und Verständnis sein Innenleben von dem verstaubten Moralempfinden seiner gesellschaftlichen Umgebung, „Das gehört sich nicht! So etwas tut man nicht", zu befreien. Ihm seine seelische Unantastbarkeit zurückzugeben, unser höchstes menschliches Gut, die innere persönliche Freiheit. Jeder muss alleine für sich selber entscheiden, was richtig und falsch für ihn ist. Es gibt dafür keine Allgemeinregel. Jedes Individuum empfindet anders. Man sollte sich jedoch niemals gesellschaftlicher Arroganz unterordnen!

Im Laufe der Zeit bestimmten immer wieder verschiedene extreme Gefühlslagen mein Leben. Es gab Wochen, in denen ich „Himmel hoch jauchzend" glücklich war, ich das Gefühl hatte: *Die ganze Welt liegt mir zu Füßen, alles, was ich möchte, kann ich erreichen. Der wunderbarste Mann der Welt gehört mir und liebt mich!*

Die Ratte machte Purzelbäume vor lauter Übermut, doch dann fühlte ich wieder das genaue Gegenteil: *Warum hat das Schicksal uns die große, ewige Liebe geschenkt, jedoch mit einer Gebrauchsanweisung, die ich nicht begreifen kann? Wie muss ich damit umgehen? Warum führt es zwei Menschen zusammen, ideal nur für einander geschaffen und gestattet uns doch nicht, beisammen zu sein ... mit einander zu leben, so wie es jedem Paar vergönnt ist?*
Wie wird mein Leben aussehen, wenn ich nicht mehr in der Lage bin, die weite Bahnfahrt zu meinem Geliebten auf mich zu nehmen, meine Gesundheit mich im Stich lässt?

Ich grübelte und grübelte und fand doch keine Antwort.

Als ich meinem Andy diese trüben Gedanken mitteilte, tröstete er mich: „Gib nie die Zuversicht auf, wer kann schon in die Zukunft sehen? Die Hoffnung bleibt immer. Zerstöre doch nicht alles, was wir uns aufgebaut haben mit diesen traurigen Gedanken. Wir sind so glücklich, haben uns unser Paradies im Herzen errichtet. Ich liebe dich über alles und so wird es auch stets bleiben. Du bist nie alleine, ruhst in meinem Herzen und in meinen Gedanken."

Mein Traummann war umso vieles klüger als ich. Er hatte die Gebrauchsanweisung schon lange vor mir begriffen, lebte danach und ersparte sich so all die Probleme, mit denen ich mich noch herumschlagen musste. Ich dachte lange über seine Worte nach. Wie Recht er hatte.
Die Ratte musste noch viel lernen, sie sollte einmal ihr Gehirn umprogrammieren, neue Wege für sich suchen, außerhalb der allgemein üblichen ausgefahrenen Gleise! Eines lernte ich jedoch mit der Zeit: Das Glück brauchte die Traurigkeit, um sich richtig entfalten zu können, die Bodenhaftung nicht zu verlieren, in den Wolken auf nimmer wiedersehen zu verschwinden und die Traurigkeit brauchte das Glück, damit man überleben konnte.

Um wie vieles leichter hatte es mein Büffel! Unsere Liebe belastete ihn nie, würde nie problematisch werden. Er konnte sich der Gewissheit hingeben, dass ich ihm nie in seine Realität folgen würde, bis auf die wenigen Stunden unseres Beisammenseins, die er selber steuern konnte, und die zusammengezählt, noch nicht einmal eine ganze Woche in drei Jahren ausmachte. Für uns gab es sonst nur den Raum des Irrationalen.

Kapitel VII

rei Jahre hatte nun unsere abenteuerliche Liebesgeschichte schon gedauert und das vierte hatten wir bereits begonnen.

Mit jedem Beisammensein waren wir enger miteinander verschmolzen.

In all den langen Ehejahren zuvor hatte ich nie geahnt, welch tiefe Leidenschaft in mir ruhte. Erst mein Büffel hatte kommen müssen und sie aus den Tiefen meiner Seele freilegen. Ich fühlte mich wie „Dornröschen", die von ihrem Märchenprinzen aus einem langen Schlaf wachgeküsst worden war und nun erst richtig leben konnte. Wenn ich in seinen Armen lag, dann spürte ich einen feurigen Vulkan in mir, jederzeit bereit, auszubrechen und alles in Flammen zu setzen. Eine Liebesquelle sprudelte in meinem Herzen, wie ein „Perpetuum mobile" sich selbst erneuernd, nie versiegend. Die ganze Welt hätte ich mit dieser Liebe versorgen können.

Wie schnell war die Zeit davon galoppiert in dem Wechselbad der Gefühle, und was hatten wir alles erreicht!

Ein Traumschloss mit unzähligen Zimmern hatte mein Märchenprinz in den Wolken für mich errichtet. Jeden Raum hatten wir mit kostbaren Erlebnissen und Gefühlen ausgestattet. Er war so wunderbar romantisch geworden, es war unser Palast. Nur er hatte den Schlüssel dazu, ich hätte ihn zu leicht verlegen können. Ich weilte ja auch nur dort, wenn mein Büffel ebenfalls anwesend war.

Im Wohnzimmer stand in der Mitte ein riesiger, offener Kamin aus weißem Marmor mit golden verzierten Ornamenten, im Stil des Barock, den wir beide liebten. Davor lag ein kuscheliges, weißes Bärenfell, auf dem wir uns nach Herzenslust lieben konnten, wie zwei große Tigerkatzen, die sich liebevoll und zärtlich schnurrend leckten und schleckten.

Niemand konnte uns stören. Nur die Wolken zogen an uns vorbei und der Sturm wiegte uns in den Schlaf.

Wenn ich dann wieder alleine in meinem Bett aufwachte, führte ich lange Selbstgespräche mit meinem Andy:

Oh, mein Schatz, wie gerne würde ich einmal dein Haus sehen, die Atmosphäre, die dich täglich umgibt, spüren ...
Wie gerne weite Wanderungen mit dir unternehmen, schweigend Hand in Hand gehen, jeder seinen Gedanken nachhängend und doch im Herzen und der Seele eins, aufs Innigste verbunden.

Nachts in deinen Armen einschlafen. Wenn ich zwischendurch wach werde, deinen Atemzügen lauschen, spüren, wie unsere Herzen im selben Rhythmus schlagen. Dein geliebtes Gesicht betrachten, zärtlich deine Nasenspitze küssen und dann wieder glücklich neben dir weiterschlafen.

Ich war schon leicht schockiert, als er mir sagte: „Ich schlafe lieber alleine in meinem Bett. Um sich zu lieben, kann man ja zusammenkommen, doch dann muss jeder wieder in seine eigene Höhle verschwinden! So habe ich es mein ganzes Leben gehalten!"

„Mit mir hättest du dich da wohl oder übel umstellen müssen, mein Liebling!"

Es würde mich auch nicht stören, wenn du laut schnarchen würdest, der Albtraum so mancher Ehefrau und ein triftiger Grund, auf getrennten Schlafzimmern zu bestehen. Im Gegenteil, ich fühlte dann intensiv deine Nähe, merkte dass du bei mir bist und ich nicht alleine bin. Es wäre wie Musik in meinen Ohren, es würde mich in den Schlaf wiegen!

Ich möchte so gerne mit dir dem Alltag entfliehen, auf einer einsamen Insel im warmen, weichen Sand liegen, ihn in meine Hand nehmen, langsam durch die Finger auf deinen Körper rieseln lassen, die Sonne genießen, dir mit einem Palmenwedel Kühlung zu fächeln, dir zärtliche, erregende Worte ins Ohr flüstern, die die Lust in dir anfachen, mich zu lieben und zu verwöhnen.

Ich möchte mit dir durch deine Waldungen streifen, die Bäume zählen und schließlich in einer bunt blühenden Wiese landen, mich der Fantasie und dem Zauber deiner Gegenwart hingeben.

Die Trauer blieb, dass all diese Dinge nur in der Fantasie ausgeführt werden konnten, und es tat weh, dass wir die kostbarste Zeit unserer letzten Jahre ungenutzt an uns vorüberziehen lassen mussten. Mein Büffel schien da keinerlei Probleme zu haben. Lag das nun daran, dass Männer auch in der Liebe nie ihren Verstand beiseitelassen ... sich der Liebe nie völlig hingeben können? Vielleicht wird das große Bedauern erst kommen, wenn es zu spät sein wird?

Die Fantasien kann man nicht mit dem Geliebten teilen, jeder erlebt sie immer nur für sich alleine, wie schade! Man kann sie dem anderen mitteilen, aber dabei geht die kostbare Würze verloren.

Vielleicht gestattet es ja das Schicksal, dass uns in der Zukunft ein zweites Leben geschenkt wird.

Bis dahin würden wir als *ein* Energiestrahl durch die Unendlichkeit des Universums treiben.

Kämen wir dann wieder auf die Erde zurück, würden wir uns schon im Kinderwagen zulächeln, unsere Schnuller austauschen, im Sandkasten miteinander spielen. Ich würde Sandkuchen für dich backen, den wir dann zusammen, zum Entsetzen unserer Mütter in den Mund stecken würden.

Gemeinsam würden wir in den Kindergarten gehen, wo wir unsere ersten heimlichen Küsse wechselten und uns schwören würden, dass niemand und nichts uns je zu trennen vermag.

Wir würden heiraten und eine Menge Kinder bekommen, alles nachholen, was uns in diesem Leben verwehrt bleibt.

Nie würde ich dich verlassen. Würdest du einmal eine Pause von der Ehe machen wollen, würde ich dich zärtlich in den Arm nehmen, dich küssen und dir versprechen: Immer werde ich für dich da sein und auf dich warten. Meine Liebe zu dir wird nie enden!

Alles Träume, der Fantasie entsprungen, um die Hoffnung auf *irgendetwas* aufrecht zu erhalten.

Unser Jahresablauf war von Beginn an in zwei Hälften geteilt.

Bis zum Sommer konnten wir uns ab und zu treffen, danach war Ruhepause. Mein Büffel ging auf seine Sommerwiese in den Urlaub und ließ seine Ratte, vollgestopft mit Sehnsucht und unbefriedigtem Verlangen, alleine zurück. Er konnte sie nicht mitnehmen. Es blieben uns nur die Handy-Gespräche!

So lernte ich, Geduld zu haben.

Umso wundervoller war dann das darauf folgende Treffen. All die aufgestaute Liebe, Sehnsucht, schwemmte uns fort in einer Welle des Verlangens und der Zärtlichkeit. Wir waren wie zwei große Kinder, die sich frei und unkompliziert ihrem Schicksal unterwarfen. Dies war unsere Welt, nur unsere ganz alleine. Bedauern oder Gewissenskonflikte hatten hier keinen Raum.

Bei unseren Gesprächen, wenn wir uns, in den Armen liegend, unsere Seelen offen legten, erzählte ich ihm alles, was mich bewegte und glücklich machte:

„Abends, wenn du mir vor dem Einschlafen einen letzten Handy-Kuss sendest, gehe auch ich zur Ruhe. Ich denke ganz stark an dich, lege mich in deine Arme, lasse mich von dir lecken und ich fühle deine Liebe und Zärtlichkeit so intensiv. Meine Hormonproduktion läuft auf Hochtouren und die Gefühle enden in einem starken Orgasmus. Danach schlafe ich glücklich und geborgen in deinen Armen ein, nachdem ich auch dich mit voller Hingabe verwöhnt habe. Wenn du an mich denkst, kannst du dann auch so erregt werden?"

Diese Frage spukte schon lange in meinem Inneren herum. Nun war sie endlich heraus. Wie würde er darauf reagieren?

„Ich liebe dich über alles, aber ich habe viel zu viel Ehrfurcht, Respekt und Hochachtung vor dir, ich kann nicht geil auf dich werden."

„Das hat doch aber nichts mit der Liebe zu tun!", protestierte ich, „ich habe dieselben Gefühle dir gegenüber, bin verrückt nach dir und begehre dich trotzdem leidenschaftlich."

„Um erregt zu werden, brauche ich andere Vorstellungen. Situationen mit anderen Frauen, die in der Wirklichkeit gar nicht existieren, aber meine Begierde anstacheln."

Ich war enttäuscht, gab mich aber nicht mit dieser Tatsache zufrieden. Ich schwor mir, dass ich eine neue Aufgabe finden würde, an der ich mit allen Mitteln weiblicher Verführungskünste arbeiten würde. Die Liebe und die Lust sollten bei ihm im Vordergrund stehen, wenn er an mich dachte. Was hatte ich von Ehrfurcht und Respekt, die konnten gerne im Hintergrund bleiben.

Plötzlich wusste ich: *Erst wenn mein Büffel vollkommen geil und verrückt wurde, wenn er nur an die Ratte dachte, dann hatten wir den Gipfel unserer großen Liebe erreicht. Danach kam nichts mehr. Ich würde daran arbeiten und mir alle Mühe geben!*

Kapitel VIII

ch begann dieses Abenteuer, indem ich Rollenspiele ersann und vermittelte meinem geliebten Schatz so Höhepunkte der Geilheit und der Erfüllung.

Mal wechselte ich in die Gestalt von Scheherazade, die ihrem Sultan aufregende, abenteuerliche Geschichten erzählte, die ihn erfreuten.

Dann hatte ich zwei Schwestern erfunden, die es nur darauf abgesehen hatten, mir meinen Märchenprinzen abspenstig zu machen.

Die erste war „Barbara", sehr auf Moral bedacht und ziemlich streng, nach außen hin! In ihrem Herzen sah es jedoch aus wie in einer Mördergrube, gepflastert mit gebrochenen männlichen Herzen.

Sie versuchte meinen Traummann zu verführen, mit allen sinnlichen Raffinessen, die einer fantasiebegabten Frau zur Verfügung stehen. Obwohl das Opfer standhaft und treu bleiben wollte, kapitulierte er schließlich, ergab sich so viel weiblicher List und konnte sehr geil werden.

Die zweite war Silvie, ein wenig das schwarze Schaf der Familie, da sie sich die Aufgabe gestellt hatte, Männer sexuell glücklich zu machen und damit ihren Lebensunterhalt verdiente. Jedoch hatte sie nur Sex im Kopf, und besaß kein Herz. Liebe und Zuneigung waren für sie „tabu".

Mein Büffel war in seinem Herzen ein Abenteurer, ein Bussard, der hoch in den Lüften schwebte, immer nach Beute Ausschau haltend. In seiner sehr wilden Vergangenheit hatte er in den verschiedensten Ländern öfter die Dienste solcher Mädchen in Anspruch genommen. Es war so einfach und bequem: losgelöst vom „heimischen Herd" genoss er die Liebe, ohne Verpflichtungen seinerseits. Am meisten reizte ihn dabei, mit wie viel Selbstverständlichkeit und Freude manche ihrer Arbeit nachgingen. Es machte ihn einerseits geil, aber moralisch verurteilte er sie.

Silvie wollte ihn nun von seinen Vorurteilen befreien. Sie erzählte ihm aus ihrem sehr bewegten Leben aufregende Abenteuer mit ihren Freiern, um in ihm das Feuer der Begierde zu steigern.

„Du darfst uns nicht verurteilen. Ohne uns müssten die Männer ziemlich freudlos und sexuell verhungert, dahin dümpeln. Und was die Moral anbelangt, wir besitzen mehr davon als viele andere Frauen, die den Anschein erwecken, gesittet und brav ihr Leben zu gestalten, doch schaut man hinter die Kulissen, tun sie nichts anderes als wir auch, nur eben heimlich und meistens auch nicht umsonst."

Dies machte neben all dem sexuellen Verlangen meinen Märchenprinzen doch ein wenig nachdenklich. So ist es mit der Moral und den Vorurteilen. Man sollte sie vorsichtig dosieren. Er stellte aber fest, er blieb doch lieber bei seiner Ratte und genoss hin und wieder zur Abwechslung Barbara.

Die schönste Zeit für mich war immer, wenn der Ruf meines Büffels zu mir gedrungen war und ich mein Hotel und den Zug gebucht hatte. Das Letztere geschah immer vierzehn Tage vorher. Dann kam die Zeit des Wartens, wenn man die Tage schon an den Fingern abzählen konnte und sich die Wochentage nicht mehr wiederholten. Die Ratte drehte fast durch vor lauter Vorfreude, sah sich im Geiste schon in den Armen ihres Büffels!

„Mein Schatz, ich spüre es in meinem Herzen ganz genau, dieses Treffen wird abermals alle vorherigen in den Schatten stellen. Es wird *einmalig* werden!

Im ersten Jahr hatten wir uns immer zur Mittagszeit getrennt und jeder war wieder in seinen Alltag zurückgekehrt. Im Zweiten wurde mein Traummann ein wenig lockerer und lud mich wenigstens noch zum Essen ein. Natürlich immer nur in Lokale, in denen er sich mit Frau und Familie nie sehen ließ. Die Qualität der Küche war dementsprechend, manchmal gerade noch genießbar, es kam aber auch vor, dass wir den Teller, noch gefüllt, einfach stehen ließen, und flohen.

Andy bekam seine Mahlzeit ja zu Hause, und ich kaufte mir nachmittags ein Stück Kuchen, auch das füllte den Magen.

Wir fanden irgendwann eine einfache und bequeme Lösung, indem wir die Küche des Hotels ausprobierten. Allerdings war diese für ein Fünf-Sterne Hotel ziemlich eingeschränkt, was Qualität und Auswahl betraf. Nach einem Jahr hatten sie immer noch dieselben Menü-Angebote, die wir so langsam alle schon ausprobiert hatten. Man gab sich keine Mühe, neue Gäste anzulocken, kein Wunder, dass der Speisesaal stets leer war. Der Vorteil war allerdings, dass es verhältnismäßig schnell ging, so nahm man uns nur wenig von unserer kostbaren Zeit.

Kapitel IX

Ich hatte von meinem Büffel die Freude am Wandern übernommen und wenn das Wetter es zuließ, erkundete ich unsere nähere Umgebung, Wälder und Felder! Manchmal lief mir ein Reh über den Weg oder eine ganze Hasenfamilie ergriff die Flucht, wenn sie mich witterten, Gefahr im Anzug! Von ihm hatte ich auch gelernt, mit offenen Augen durch die Natur zu gehen. Ich sog die Gerüche des Waldes mit vollen Lungen in mich ein. Wie verschieden sie waren:

Im Frühling duftete es nach den ersten Blumen, dem blühenden Klee, Anemonen und auch die jungen Triebe der Tannen und Fichten strömten einen ganz eigenen, aparten Duft aus. Im Sommer spürte man die gespeicherte Wärme, die die Bäume abstrahlten, es roch nach Sonne und nach Leben.

Ein unvergesslicher Duft, der von einer frisch gemähten Wiese aufstieg!

Im Herbst erlebte man die Vergänglichkeit der Natur. Der Geruch von verwelktem Laub, modrig, vermischt mit dem ganz besonderen Duft der vielen Pilze, die besonders nach einem Regen aus dem Boden schossen. Auch der Winter hatte seine Reize. Schnee und Frost umhüllten die Natur mit reiner klarer Luft, das Atmen machte wirklich wieder Freude! Weniger angenehm waren allerdings die gefrorenen Wasserlachen, die von Schnee bedeckt waren. Wie oft verlor man da den Halt und kam gefährlich ins Rutschen!

Auf meinem gewohnten Gang zum Wald kam ich auch oft an einer ausgedehnten Weide vorüber, auf der vom Frühjahr bis zum späten Herbst die Rinder grasten. Das war bei uns schon ein ungewohnter Anblick, da die Bauern ihre Tiere meistens in den Stallungen hielten, aus reiner Bequemlichkeit!

Ich blieb oft stehen und schaute ihnen zu und stellte mir in Gedanken vor, dass der prächtige Stier dort mein Büffel war. Wie gerne wäre ich dann seine Büffelkuh gewesen, hätte meinen Kopf an seinem Fell gerieben und wäre einträchtig neben ihm her getrottet; niemand hätte mich von ihm vertreiben können!

Im Wald hatte ich eine Bank entdeckt, die zu einer kurzen Ruhepause einlud. Der Sauerstoff der Luft beflügelte meine Gedanken, hier in der Natur fühlte ich mich meinem Geliebten sehr nahe, führte lange Selbstgespräche mit ihm, erzählte ihm meine Gedanken und ließ ihn meine Sehnsucht nach seiner Nähe spüren. Dann konnte ich der Versuchung nicht mehr widerstehen und schrieb ihm einfach eine SMS.

Wie der Name schon sagt, sollte dies nur eine kurze Mitteilung sein. Doch wenn mich meine Fantasie in den Fängen hielt, gab es kein Ende. Aus der einen wurden meistens fünf gefühlsstarke SOS Rufe meiner Seele. Wie ein Klingelton bestätigte, kam die erste Mitteilung sofort an, bei der zweiten dauerte es schon etwas länger und die letzte brauchte fast zwei Stunden! Bei ihm wurde jede neue Nachricht, die eintraf, von einem schrillen

Handy Ton begleitet, was natürlich die allgemeine Aufmerksamkeit erregte:

„Hast du nicht gehört, dein Handy klingelt, du hast eine Nachricht bekommen."

Ein kurzer Blick, er wusste genau, woher sie stammte!

„Ja willst du nicht einmal nachschauen? Vielleicht ist es etwas Wichtiges."

Mein Büffel kam allmählich in Bedrängnis: *Diese verdammte Neugier der anderen! Was dachte sich seine Ratte dabei, ihn so in Verlegenheit zu bringen?*

Wir kamen dann überein, in Zukunft keine SMS mehr zu schreiben. Schade, denn es hatte mir so viel Spaß gemacht, die Gefühlswelt meines Paradiesvogels ein wenig durcheinander zu bringen und so seine Sehnsucht anzustacheln.

Das Jahr ging zu Ende und ich machte schon Pläne für unser nächstes Beisammensein. Am 10. Januar würde unser zweiter Hochzeitstag sein. Wie sehr freute ich mich darauf, ihn in den Armen meines Andys feiern zu können.

Ich wartete auf den Ruf meines Büffels. Vergeblich. War seine Stimme eingefroren? Dabei hatten wir durchweg viel zu milde Temperaturen gehabt. Der Winter schien dieses Jahr auszubleiben.

Dann traf mich fast der Schlag, als die Eröffnung meines Märchenprinzen kam: „Unser nächstes Treffen kann erst Ende März stattfinden. Vorher habe ich keine Zeit!"
Ich war sprachlos und fragte noch zwei Mal nach, glaubte, ich hätte ihn falsch verstanden. Nein, es schien wirklich fest zu stehen!

Ich kämpfte mit den Tränen und mein Herz bekam tausend Risse.

Hatte ein Hochzeitstag für einen Mann eigentlich keinerlei Bedeutung? Nicht umsonst ist das Vergessen dieses Tages Anlass für viele Witze, aber auch Dramen.

Ob sich ein Mann vielleicht an diesen Tag nicht gerne erinnert, weil er da seine Freiheit durch ein einziges kleines „Ja" aufgegeben hat?

Eine Frau hingegen hat einen neuen Menschen in ihrem Leben aufgenommen und möchte jedes Jahr wieder aufs Neue daran erinnert werden.

Wie sehr hätte ich mich auch über ein kleines Geschenk zu diesem ganz besonderen Tag gefreut, etwas, das mich auch in der Zukunft immer an ihn erinnern würde. Einmal hatte er mir eine Armbanduhr gekauft, die ich voller Liebe in Ehren hielt, denn es war das erste und wohl auch das letzte Mal, dass er mir seine Liebe auf diese Art zeigte. Wie oft hatte ich schon diskret durchblicken lassen, wie sehr ich mich über Geschenke im Allgemeinen freute, zu Weihnachten oder zu meinem Geburtstag.

Es brauchten ja keine teuren, kostbaren Dinge sein. Nur Kleinigkeiten, die mir seine Liebe und seine Fähigkeit zur Fantasie bestätigten.
„Wenn du auf deinen Wanderungen über einen kleinen Stein stolperst, hebe ihn einfach auf, bringe

ihn mir mit als Souvenir. Vielleicht, wird mir ein Wunsch erfüllt, wenn ich ihn in der Hand halte. Ich würde mir schon sehr genau überlegen, was für einer es sein sollte. Ich würde ihn nicht leichtfertig vergeuden!"

Mein Büffel nahm mich nicht ernst. „Ich bringe dir doch nicht einen einfachen Stein von der Straße mit! Wenn ich dir etwas schenke, muss es auch etwas Vernünftiges sein!" Also blieb es einfach beim *Nichts*.

Es geschah auch wirklich manchmal, dass er sich über ein Geschenk für mich Gedanken machte:

Er wollte mir einen Ring schenken, das Datum unseres Hochzeitstages eingravieren lassen, mit unseren Initialen: *B und R (Büffel und Ratte)- wollte...*

Es wurde zur *„Unendlichen Geschichte".* Wir waren schon so weit gelangt, dass ich ihm die Ring-Größe aufschrieb, ihm in einem Katalog zeigte, welche Vorstellungen ich von dieser Kostbarkeit hatte und dann kam die nicht zu bewältigende Aufgabe, das

Projekt in die Tat umzusetzen. Mein Büffel hätte in ein Juwelier-Geschäft gehen müssen, um ihn zu kaufen. Ich weigerte mich strikt, dies auch noch selber zu tun. Und so blieb es bei der Vorstellung: *Es wäre so schön gewesen, doch hat's nicht sollen sein.*

Irgendwann resignierte ich, denn es war einfach kein Gesprächsthema mehr zwischen uns. Es zeigte mir nur deutlich, dass in seinem realen Leben kein Platz für die Ratte war. Doch war das nicht ein wenig vorschnell geurteilt? Vielleicht lag die Ursache ganz einfach darin, dass ein Mann nun einmal einen Horror empfindet, in ein Geschäft zu gehen und ein Geschenk zu kaufen.

Zu feierlichen Anlässen, Weihnachten oder Geburtstagen, musste wahrscheinlich immer seine Frau diese Aufgabe übernehmen. Selbst die wöchentlichen Einkäufe überließ er ihr. In die Apotheke ging er wirklich selber, wenn er etwas benötigte, wie zum Beispiel seine Aspirin-Tabletten. Wenn er glaubte, eine Erkältung eingefangen zu haben, so genügte eine Abends vor dem Einschlafen und er erwachte am Morgen wieder gesund und fit.

Ich nahm meinen Büffel einfach so, wie er war, mit einem lachenden, manchmal auch einem weinenden Auge!

Für uns hatte es ja nur für eine Traum-Ehe gereicht, und doch war dieser Tag der Wichtigste in meinem Leben und würde es bis zu meinem Lebensende bleiben.

Ich fügte mich, so wie ich mich auch immer in allem anderen nach meinem Andy richtete.

Aber es verletzte mich schon und so winzig kleine Zweifel machten sich in meiner Seele breit: Wie sehr liebte er mich wohl, wenn er locker fünf lange Monate ohne meine Gegenwart auskam? Wie konnte man nur seine Arbeit über die Liebe stellen? Hier lag die Betonung wohl auf „man", Männer waren auf diesem Gebiet sicher anders programmiert, das musste ich wohl oder übel hinnehmen. Beim nächsten Gespräch zeigte ich ihm sehr genau, was ich in meinem Inneren empfand:

„Mein Liebling, ich habe das Gefühl, dass deine Traumfrau nur in deiner Gedankenwelt vorhanden ist, von mir, als Wesen aus Fleisch und Blut hast du dich wohl so langsam schon verabschiedet. Mache nur nicht den Fehler, mich zu vernachlässigen. Auch bei einer Liebe in den Wolken muss deine Ratte immer das Gefühl haben, du liebst sie, und nicht nur einen Traum! Wenn du glaubst, wir hätten alles erreicht in unserer Liebe und du kannst dich nun geruhsam zurücklehnen und die Früchte ernten, so ist das ein Trugschluss! Auch unsere Liebe wird bis zum letzten Atemzug alle unsere Kräfte und Anstrengungen fordern, um intensiv am Leben erhalten zu bleiben und nicht irgendwann ins Abseits der Vergangenheit zu driften, an die du dich nur noch gerne erinnerst! Wenn du schon keine Zeit mehr für mich hast, schicke mir einfach ab und zu einen kurzen Klingelton per Handy. Wenn es nur einmal piepst, gehe ich nicht dran. Ich weiß dann, dass du an mich denkst und mir einen Kuss sendest. Ich werde es genauso machen. Auf diese

Weise zeigst du deiner Ratte, dass du an sie denkst und machst sie glücklich!"

Mein Andy versprach fest, sich zu bessern.

Würden unsere Zusammenkünfte weiter eingeschränkt werden, aus Mangel an Zeit? War ihm eigentlich bewusst, wie wenig davon uns noch zur Verfügung stand?

Jedes Treffen konnte das Letzte sein und in Gedanken würde ich bei jedem Mal Abschied für immer nehmen, vielleicht käme ich sonst nicht mehr dazu. Dieser Gedanke alleine war mir unerträglich.

In einem unterschieden wir uns grundsätzlich: Ich war in seinem erfüllten und zufriedenen Dasein nur das Tüpfelchen auf dem „i", das Sahnehäubchen in einem gut aufgebauten Leben, das ihn glücklich machte und ihm sexuelle Erfüllung brachte. Für ihn lief alles einfach perfekt. Ihm genügte es, wenn er voller Liebe an mich denken konnte. Anscheinend hatte er nicht diese grenzenlose Sehnsucht nach dem körperlichen Kontakt. Er war mit seiner Fantasiewelt zufrieden.

Für mich war *er* mein Lebensinhalt. Ich hatte in meiner Realität keinen Ausgleich, der mich ablenkte, meine Liebe und Zärtlichkeit, meine Sehnsucht und mein Verlangen in andere Bahnen lenkte.

Er konnte nicht begreifen, dass seine Ratte immer diese Gefühlsschwankungen durchmachte. Wollte ich ihm mein Leid klagen, ließ er mich nicht einmal ausreden, sondern fragte gleich:

„Was habe ich nun schon wieder falsch gemacht? Ich tue doch alles, was in meiner Macht steht und rufe dich an. Du musst doch spüren, dass ich immer an dich denke und dich über alles liebe! Warum bist du nur so unzufrieden?"

„Oh, mein Liebling, versetze dich doch einmal in meine Lage. Hast du auch nur die geringste Vorstellung, wie schwer es mir fällt, so weit von dir entfernt zu sein? Wir hatten in diesem Jahr so wenig Zeit für lange Gespräche. So viele Fragen

brennen auf meiner Seele. Weißt du, wie lange es
her ist, dass ich dir meine Träume erzählen konnte,
meine Gedanken, die mich bewegen? Du hast eine
Doppelrolle, du bist meine ganz große Liebe, der
Mann, den ich vergöttere, anbete und vor dem ich
sehr viel Respekt habe. Der für mich auf der Welt
alles bedeutet. Daneben bist du aber auch der
Mann, zu dem ich das tiefste Vertrauen habe, dem
ich alles erzählen kann, was mich berührt. Wenn
ich das Letzte nicht mehr bei dir finden kann, muss
die Ratte sich einen anderen Vertrauten suchen.
Ich kann nicht alles in mich hineinfressen, es würde
mich innerlich zerreißen!"

Meine Träume spielten in meinem Leben eine
bedeutende Rolle. In ihnen herrschte der Verstand,
den ich in meiner Gefühlswelt ausgeschaltet hatte.

Was an Gefühlen im Herzen ruhte, wurde da zum
Leben erweckt.

Vor kurzem hatte ich einen sehr merkwürdigen
Traum: Ich wartete auf ein Handygespräch mit
meinem Andy, bekam aber eine mir völlig fremde
Stimme zu hören. Sein Anwalt, der mich sofort zu

sich bestellte, es sei sehr wichtig. Ich war neugierig und fuhr hin. Alles sollte für eine Hochzeit vorbereitet werden. Er wollte nicht mehr länger ohne mich leben, mich immer um sich haben. Die Zeit war jedoch zurückgespult, wir waren um viele Jahre jünger. Zum Glück wurde diese Story nicht zu Ende geträumt, ich wachte auf. Lange dachte ich über diesen Traum nach. Er hatte mich dazu angeregt, über mich selber nachzudenken.

Was wollte ich eigentlich wirklich?
Auf keinen Fall mein Leben ändern.

Wir waren beide zu alt, um noch einmal von vorne anzufangen, es hätte uns kein Glück gebracht und unsere Liebe zerstört. Einen alten, morschen Kahn muss man ruhig in seinem sicheren Hafen lassen. Man kann ihn nicht auf das wild bewegte Meer treiben und hilflos den Stürmen des Lebens preisgeben. Jetzt endlich hatte ich die Gebrauchsanweisung begriffen, die die Liebesgötter unserer großen, unvergänglichen Liebe beigefügt hatten!

Für uns gab es nur das Märchenreich unserer Gefühle und Fantasie. Nur wenn wir uns in unserer Liebe von der Realität lösten, würde sie bis in alle Ewigkeit anhalten. Jeder von uns fühlte es, wenn der Andere an ihn dachte, ihn begehrte und liebte. Dazu gab es noch unser Handy, mit dem man auch zaubern konnte. Um den Geliebten zu aktivieren, genügte ein Klingelton. Er bedeutete: *Ich schicke dir einen heißen, innigen, liebevollen und geilen Kuss. Ich denke an dich und bin in Gedanken bei dir.*

Um auch meine Realität ein wenig lebendiger zu gestalten, sprang das Schicksal ein und sorgte für einen Ausgleich, wenn auch nur einen winzig kleinen.

Auf meinen langen Waldspaziergängen hatte es mir eine Beute auf den Weg gelegt. Er trottete hinter seinem Rasenmäher her, bei glühender Hitze, sodass es mich einfach reizte, ihn ein wenig aufzuheitern. Dass der Fisch anbiss und an der Leine zappelte, hatte ich wahrscheinlich meiner erotischen Anziehungskraft zu verdanken. Er begegnete mir öfter und es entstand mit der Zeit eine Freundschaft. Das Schicksal wusste genau, wen es mir da zu Füssen gelegt hatte. Kann sein, dass er auf Abenteuer aus war, so genau weiß man das bei den männlichen Wesen nie, aber er war verheiratet, lag fest an der Kette.

„Was du vor dir siehst, ist nur eine äußere Hülle. Freundschaft kann ich gerne jederzeit gut gebrauchen, doch mein Herz, meine Seele, meine ganze Liebe gehören meinem Traummann. Da bleibt nichts mehr übrig, und Küssen ist streng verboten!"

Hin und wieder schaute er im Vorbeifahren herein, erkundigte sich nach meinem Befinden, durfte auch manchmal zu einer Tasse Tee zu mir kommen. Unsere Unterhaltungen drehten sich um alltägliche Banalitäten. Richtige Gespräche konnte ich mit ihm nicht führen, ich wusste von ihm genauso wenig, wie er von mir. Zwei Fremde, die das auch immer bleiben würden! Uns verbanden keine gemeinsamen Interessen, es war mehr eine Notgemeinschaft, entsprungen dem Wunsch der

Ratte, ihr langweiliges reales Leben in der Wirklichkeit ein wenig aufzuputschen!

Ich versuchte, ihn seiner Frau wieder emotional näher zu bringen, regte ihn an, die früher doch sicher vorhandene Liebe wieder auszugraben und neu zu aktivieren. Ich gab mir alle Mühe, als Ehesanierer tätig zu sein, ob mit Erfolg, wird sich noch zeigen.

„Wie schön wäre es doch auch für dich, wenn zu Hause wieder Frieden herrschen würde, wenn ihr wieder miteinander reden könntet, die Zärtlichkeit wieder erweckt!"

Ich glaube, das Schicksal wollte mir zeigen, wie einmalig und wunderbar mein geliebter Büffel war. Kein Mann konnte ihm das Wasser reichen.

Nichts gab es, was mich in Versuchung führen konnte. Meine Liebe zu meinem Märchenprinzen war felsenfest. Ich war das treueste Wesen, das auf dieser Erde wandelte und in den Wolken schwebte.

Ich hatte aber jemanden gefunden, um den ich mich kümmern konnte, (mein Andy wird nun grinsen) ich hatte einen Dummen entdeckt, den ich bei jedem Zipperlein mit meinen Kräutertee-Sorten versorgen konnte.

Auch die längste Zeit vergeht einmal. Unser zweiter Hochzeitstag ertrank bei mir unter einer Flut von Tränen. War es ein wenig Selbstmitleid, Opposition gegen das Schicksal, das mir meinen Paradiesvogel vorenthielt?

Ein Monat nach dem anderen verging und dann war es endlich Ende März und ich konnte wieder zu meinem Andy eilen. Dieses Mal hatte er mir versprochen, dass er sich zwei ganze Tage für mich Zeit nehmen wollte. So ganz konnte ich nicht daran glauben. Es wäre auch zu schön, um wahr zu sein. Und siehe da, es blieben wieder nur wenige Stunden. Die Nachmittage verbrachte ich, wie sollte es auch anders sein, alleine.

Von Beginn des Jahres an war die Kommunikation zwischen uns ziemlich dürftig verlaufen. Wir tauschten uns über das Wetter aus. Waren wir in England, wo dieses Thema im Mittelpunkt stand? Doch auch unter Liebenden? Viele Fragen brannten auf meiner Seele, doch bevor ich zum Zuge kam, hatte mein Büffel schon wieder aufgelegt.

So standen bei unserem Treffen hauptsächlich lange Gespräche im Vordergrund. Wir legten unsere Seelen offen, alle verborgenen Dinge, die noch nicht erzählt worden waren, wurden ans Tageslicht gezogen. Meine neue Errungenschaft beichtete ich sofort. Vor meinem geliebten Büffel hatte ich keinerlei Geheimnisse und er zeigte sich von der großmütigen Seite und gönnte seiner Ratte dieses kleine Vergnügen. Er wusste, dass sie nur ihn alleine liebte, doch der Jagdinstinkt ist wie bei einer Katze, sehr stark ausgebildet. Sie geht zu gerne auf Mäusejagd, spielt mit ihrer Beute, beißt ihr den Kopf ab oder lässt sie wieder laufen, je nach Lust und Laune!

Auch ich wollte noch so viele Dinge aus seinem Leben wissen!

Die Zeit verging wie im Flug, ließ sich nicht anhalten und als wir uns wieder voneinander trennten, mussten wir feststellen: dieses Mal hatten die Gespräche mehr im Vordergrund gestanden. Die Liebe war ein wenig zu kurz gekommen. Ich hätte ihn viel lieber jede Sekunde, Minute und Stunde geleckt, geschleckt, geküsst und gestreichelt. Mich dann von ihm verwöhnen lassen, jedes Wort lieber in purem Sex eingetauscht! Aber jetzt war es zu spät. Doch mein Büffel versprach mir, nicht wieder so lange Zeit bis zum nächsten Treffen vergehen zu lassen, und dann wollten wir beides voneinander trennen. Einmal sollte die Liebe im Vordergrund stehen, das nächste Mal das Erzählen!

Kapitel X

r hielt Wort, mein Märchenprinz. Ein Monat später drang der sehnsuchtsvolle Ruf des Büffels wieder zu seiner Ratte und sie machte sich auf den Weg.

Wieder nur ein paar Stunden, doch sie zählten doppelt und dreifach und waren so unsagbar kostbar für uns beide. Dieses Mal waren sie nur der Liebe gewidmet. Wir mussten viel Kraft und Zärtlichkeit tanken. Es würde das letzte Mal in diesem Jahr sein. Der lange Sommerurlaub wartete auf meinen Büffel. All die Monate würden auch unsere Gespräche wieder nur kurz sein, aber wenn die Sehnsucht uns übermannte, schickten wir uns einfach unsere leidenschaftlichen Küsse per Handy durch die Luft zu. Wir konnten für die Zukunft üben, wenn wir uns nur noch in unserer Gedankenwelt voller erregender Gefühle bewegen würden.

Unsere Heimat war die Welt der Fantasie, in der wir spürten, wie eng unsere Herzen und Seelen miteinander verflochten waren. Solange wir den Weg dorthin zusammen finden würden, war unsere Liebe unsterblich.

Als wir uns dieses Mal trennten, geschah es ohne Traurigkeit im Herzen.

Ich freute mich darauf, wieder in meine gewohnte Umgebung und zu meiner Familie zurückzukommen.

Als ich zu Hause die letzten Tage mit all ihren Erlebnissen und Erfahrungen aufgearbeitet hatte, konnte ich sagen: „Unsere Träume haben sich erfüllt. Wir haben das Glück in uns gefunden."

Als mir dann mein Büffel bei jedem Anruf erzählte, wie geil er nur alleine bei dem Gedanken an mich wurde und bei der Erinnerung an unser letztes

Zusammensein, dass er es immer wieder nacherlebte, da wusste ich: Ich hatte das erreicht, was ich mir als große Aufgabe gestellt hatte. Mein Büffel konnte doch geil werden auf seine Ratte, trotz allen Respektes und Achtung. Nun endlich konnte er beides mit einander verbinden.

Diese Urlaubsmonate wurden für uns zu einem wunderschönen Traum, wenn wir sie auch getrennt voneinander verbringen mussten.

Mein Büffel rief mich unzählige Male am Tag an, um mir zu sagen, wie sehr er mich liebte, ließ mich teilhaben an seinen Gedanken, Erlebnissen, nahm mich so in seine Realität mit hinein. Es war ein ganz anderes Verhältnis zwischen uns geworden. Wir trennen nicht mehr zwischen Traum und Wirklichkeit- zwischen unserem täglichen Leben und unseren gedanklichen Vorstellungen. Alles ist ineinander verschmolzen. Wir haben den Weg zum Glücklich-Sein gefunden.

Was wir angestrebt haben, ist erreicht. Den Gipfel unserer Liebe haben wir erklommen. Keine Hindernisse mehr, die zu überwinden wären.
Zu unseren Füßen - die Weite der Unendlichkeit! Ich hatte die Gebrauchsanweisung endlich begriffen, mein Leben danach ausgerichtet. Ich fühlte mich unendlich glücklich. Fortan würde ich nur noch für unsere Träume leben, im Herzen meinen Büffel und jedes Mal, da es uns vergönnt war, zusammen zu sein, würde ich mit vollen Zügen genießen. Ohne jegliche Bitterkeit, dass es eines Tages das letzte Mal sein würde.

Ich hatte den Sprung in eine andere Gefühlswelt gewagt und er war mir gelungen. Endlich war ich da angekommen, wo ich hingehörte.

Von Anfang an waren wir für einander bestimmt gewesen, doch wir mussten erst reif genug sein, um eine Liebe außerhalb der Wirklichkeit leben zu können. Unsere gewonnenen Erfahrungen hatten es uns ermöglicht, nun im Alter dieses kostbare Geschenk der ewigen Liebe zu erkennen und dankbar anzunehmen.

Es gibt immer nur zwei Möglichkeiten des Zusammenlebens: Die Liebe mit dem Stempel der Legitimation, aber das Perpetuum mobile der Liebesquelle versiegt sehr schnell, sie schwindet mit jedem Jahr dahin, wird fader, löst sich in einer Nebelwand auf und entschwindet für immer. Wer wird schon geil auf etwas, was er jeden Augenblick haben kann? Der Reiz, die Sehnsucht, der Motor der Gefühle, gehen verloren.

Der andere Weg, war das Abwandern in die Welt der Fantasie und Gefühle. Durch das Verlangen immer wieder aufgeheizt, fortdauernd bis in die Ewigkeit.

Das Schicksal hatte uns die Kraft verliehen, uns für die zweite Möglichkeit zu entscheiden. Beide waren wir unsagbar glücklich.

Die Früchte ernteten wir in den Urlaubsmonaten, die jetzt nach dem letzten Treffen, für meinen Büffel begannen. Nie hatten wir uns in all den Jahren so eng verbunden gefühlt. Ob es bei Tag oder bei Nacht war, es waren dieselben Zeiten, in denen wir uns unserer Liebe mit Herz und Seele hingaben. Wir waren erregt, verrückt nacheinander und grenzenlos happy!

Nachts hatte mein Büffel sein Handy ausgeschaltet, aber tagsüber rief er mich sehr oft an, um mir zu erzählen, wie glücklich er mit mir und den Gedanken an mich war. Unsere Gedankenströme waren voller Aktivität, kamen nicht mehr zur Ruhe und so wurden sie fortlaufend von einem zum anderen gejagt.

Wenn ich mich nachts in seine Arme wünschte, spürte ich, welche Ruhe, Sicherheit und welche Gefühle der Geborgenheit von meinem Andy auf mich übergingen. Mit keinem anderen Menschen würde ich tauschen wollen. Wir hatten unser Ziel in unseren Herzen und unserer Seele gefunden. Wer zuerst die Erde verlassen musste, würde im Herzen des anderen in der Warteschleife ausharren, bis auch dieser bereit zum Aufbruch war.

Unsere heitere, manches Mal ziemlich gefühlvolle Liebes-Romanze hat ihren Höhepunkt erreicht und somit ihr Ende gefunden. Nicht jedoch unsere Liebe. Sie wird bis in die Ewigkeit fortdauern. Ein kostbarer, geschliffener Diamant, der mit seinem funkelnden Lichterglanz unser Leben farbenfroh und glücklich gestaltet, es belebt, und die Wärme der Verbundenheit und Zärtlichkeit jederzeit einfließen lässt.

Wenn das Schicksal es will, werden wir uns noch ein paar Mal treffen, uns immer vergegenwärtigend, dass es ein reales Abschiednehmen für immer sein könnte.

Wir werden uns dann bis zum Ende unseres Erdenlebens in den Gefilden der Fantasie und Träume bewegen, aber mit unseren Handy-Gesprächen und unseren starken Gedankenströmungen, die zuverlässiger sind als alle Technik moderner Kommunikation, auch eine Brücke zur Realität schlagen!

Meine Seele ist unzertrennbar mit deiner verbunden und mein Herz ruht in deiner Brust und schlägt im selben Rhythmus wie deines.

Unsere Wege werden einander begleiten und jeder von uns wird die Gewissheit haben, *er ist nicht alleine.* Zu tief sind wir miteinander verbunden, im Herzen für immer gefesselt.

Mir kommt eine alte Sage aus der Antike wieder in den Sinn:

Der Göttervater Zeus wanderte mit Hermes auf der Erde, um die Welt der Menschen zu erkunden.

Es ging schon auf den Abend zu und sie näherten sich einem kleinen Dorf. Überall klopften sie an, um ein Nachtlager und Speis und Trank bittend, wurden jedoch stets abgewiesen. Als sie sich müde einer Hütte näherten, die am Waldrand stand, erblickten sie auf der Bank vor dem Haus ein schon betagtes Ehepaar, die letzten Sonnenstrahlen genießend.

Als sie die Wanderer sahen, luden sie sie in ihre Hütte ein, um sich ein wenig auszuruhen, bewirteten sie liebevoll mit dem Wenigen, was sie selber besaßen. Da es mittlerweile schon dunkel geworden war, baten sie die beiden herzlich, die Nacht bei ihnen zu verbringen.

Am nächsten Morgen verabschiedeten sich die Götter von ihnen und schenkten ihnen einen Wunsch, den sie erfüllen wollten.

Lange überlegte das Paar, dann sagte die Frau: „Wir wollen auch über den Tod hinaus immer miteinander verbunden sein!"

Als ihre Zeit gekommen war, die Erde zu verlassen, starben sie im Arm des anderen und am nächsten Tag standen neben der Ruhebank vor ihrem Haus zwei riesige Bäume, in ihren Wurzeln miteinander verschlungen, ein mächtiger Stamm, der sich nach oben in zwei teilte, jedem seinen Freiraum lassend und doch für ewig verbunden.

Solch ein Ende wäre uns aber viel zu langweilig. Auch nach dem Leben brauchen wir das Abenteuer. Wenn unsere Seelen sich in einem starken Kraftstrom vereinigten und unter den Klängen der Marseillaise: Allons Enfants de la Patrie ... oder Beethovens Neunter: Freude schöner Götterfunken ... in den Weltenraum düsten, bereit die Ewigkeit zu erobern ... das wäre ein schöner Ausklang!

Die Antike hat dem Liebespaar „Philemon und Baucis" durch die Ode von Ovid ein Denkmal gesetzt. Ich möchte den Büffel mit seiner Ratte in der Literatur mit meiner romantischen Liebesgeschichte verewigen.